穿越時空的約定

I sing
my love to you
over 100 years ago

100年越しの君に
恋を唄う。

冬野夜空
Yozora Fuyuno

侯萱憶——譯

那一定是封情書，獻給身在世界上最遙不可及之處的妳。

目次

序章

這是我人生中第一次離家出走。

我和父母討論畢業後發展時，發生了不愉快，家庭氣氛並不好。恰巧學校放暑假前，表哥谷剛哲也邀請我，「好久沒來看看了，放假過來玩吧！」成了這次離家出走的契機。

任何理由都無所謂。只要能讓我遠離家裡的尷尬氣氛，無論什麼地點或理由都無妨。

幸好哲也的家鄉是偏遠的鄉村地方。以我想要去遠方的願望來說，可說是再完美不過。

況且，哲也的故鄉——霧山村，之前我曾到訪過一次，是孕育我「成為作曲家」夢想的地方；這同時也是我和父母鬧得不愉快的主因。因此，在創作需要回到原點這層意義上來說，我也必須重返霧山村一趟。

小時候，我來到霧山村，當時受了很重的傷，那場意外足以讓我喪命，但有位女性救了我。託她的福，我雖然受了重傷，卻幸運留下一條小命。

「獻給比海更遠、比天空更高，無比遙遠的你～」

遭逢意外那天，我身負重傷而動彈不得，救我的女性口中一直哼著不知名的曲子片段，試圖轉移我的注意力。至今，這個片段仍深印我腦海中，久久不能忘記。

我試著回想起整首歌，但實在想不起來，所以我開始嘗試自己作出一首包含這個片段的歌曲。

幾經嘗試之後，漸漸地，我發現自己學會作詞作曲了。

不過，我父母不太喜歡談及那個讓兒子受重傷的霧山村。所以我認為這是最適合離家出走的地方，現在正是造訪霧山村的最佳時機！

緊接著暑假來臨，我帶著為數不多的存款及暑假期間在霧山村生活一個月左右所需的行李，在未經父母同意下離開了家。

……起初的氣勢雖然挺旺盛的。

「我太小看這裡的偏僻程度了。」

「哎呀——這裡真的太遠了吧。」

哲也的父親康太，笑臉盈盈地看著疲憊不堪的我。在離霧山村最近的車站下車後，我搭乘康太姨父的車子繼續往目的地移動。雖說是最靠近村莊的車站，但距離霧山村仍有一個半小時的車程。

「新幹線三小時、私立鐵路兩小時，最後還要搭一個半小時的車，這半天光陰辛苦你啦。」康太姨父所說的路線，正是我今天這趟旅途中搭乘的所有交通工具。這半天一直坐在椅子上，全身上下都很僵硬，身體明明沒怎麼動，卻覺得相當疲勞。不過一向不太出門的我，竟然忍得住這段長途跋涉。

車內空調吹出來的冷風，慢慢地沁進我疲憊不堪的身體裡。

「對了，如果你要在霧山村生活，有些事得先告訴你一聲……」

康太姨父語帶警戒，停頓了一會兒後說。

「一進村，會看到一座表面有些斑駁的山，你千萬別靠近那裡。」

「你是說那座光禿禿的山嗎？」

「對。霧山村是群山環繞的村子，周圍有一些樹木不太茂密、表面有些斑駁的山，你最好不要接近。」

「了解！」

因為旅途奔波，我只能隨口附和。話說回來，我本來就不愛出門，更不可能主動走進山區，康太姨父真是白操心了。不過，為什麼大人總是用這種會激發孩子好奇心的說法來叮嚀呢？

我姑且記著斑駁山坡的事，接著輕輕閉上因旅途疲憊而睜不開的眼皮。

……現在想想，之前我來訪時，讓我受傷的地點好像也是那座斑駁山坡。朦朧的記憶在半夢半醒間甦醒，不過睡魔來勢洶洶，連思考都失去意義。

我拖著疲累的身體，坐在搖晃的車子裡繼續前進，終於抵達我這趟逃避之旅的目的地——霧山村。

「啊！」

這是我一踏進霧山村最初的感想。

零星的民家，平坦的土地上遍布著稻田，眼前的景色和我想像中的鄉村一模一樣。此外，視線所及的遠方，茂密的森林鬱鬱蒼蒼，一片片森林相連形成了山脈。並且，面向村莊的確可以看見山脈的斜面，有一部分區域沒有樹木生長，形成斑駁景象。

「這裡果然很熱吧。」

「是啊，我一直以為綠意盎然的鄉村會比較涼爽。」

雖說來過一次，但記憶有些模糊，當然對氣溫也沒什麼印象。城市的氣溫感覺像烈日曬著柏油路，導致體感溫度上升，而這裡則實際氣溫偏高。

「這裡周圍都是山，熱氣都聚集在盆地裡散不去，所以才這麼熱。不過待在樹蔭下還是可以降點溫。」

原來如此，我點頭附和。接著一位擁有健康小麥膚色的男子，頂著大太陽朝我走來。

即便我的身高和一般男性平均身高差不多，但還是得稍微抬頭才能看清眼前這個高大且肌肉線條明顯的男子。

他輕抬起手，一個簡單的動作便足夠顯現出他的存在。

「喲！彌一好久不見啊！」

邀請我過來的哲也，向我打招呼。躲在他身後的女孩，也微微探出頭，「奧村君，好久不見。」她說道。

她是哲也的幼年玩伴霧山雅，姑且也可以算是我的幼年玩伴。她的姓氏和村名相同，由此可知她的家庭負責統籌這個村子大小事，沒錯，她正是村長的獨生女。

小雅穿著充滿夏日氣息的短褲，露出小麥色的雙腿，看著她和哲也，讓我感覺鄉村的年輕人的體魄果然很健康。

像我幾乎不出門，總是埋首作曲，在室內也一定會開著冷氣，在這種環境生活的我，和他們一比，感覺就是弱不禁風。

「哲也、小雅，好久不見啦。」

哲也偶爾會進城找我一起玩耍，和他還算熟識；雖然我稱小雅為幼年玩伴，不過加上今天，其實只見過四次面而已。所以，哲也會直呼我姓名「彌一」，而不算熟識的小雅則是稱呼我為「奧村君」。我的腦袋裡浮現一個無聊的想法——用稱呼來定義和對方的熟稔程度真是方便啊。

「那，你有什麼問題都可以問哲也他們。」

載我一程的康太姨父說完後，人就不知道跑哪兒去了。

「那，我們也先回家吧。」

哲也說完後，三人一起邁開腳步。以前哲也也像這樣帶著我們一起在霧山村周遭探險，勾起了我難忘的記憶。

只不過，雖然這次來訪的目的只是遠離家鄉，但心裡仍期待著能再一次體驗小時候那種天真無邪的冒險氣氛。只要有哲也這位領袖在，我就能保持心情雀躍。

況且對我來說，這次來到霧山村也算是回歸原點，和領袖哲也一同行動，我覺得自己一定能作出好曲子。對此我感到十分興奮。

「對了，一回到家就要著手準備嘍。」

「奧村君才剛到，一定很累了，明天再開始也可以吧？」

「不行，時間來不及了，今天就得動起來。」

看吧！哲也又在籌劃些什麼有趣的事情了。

「做什麼準備？」

我語帶期待地詢問道。

「為了嚇嚇村裡的孩子，我們要準備試膽大會。」

愉快的夏天要開始了！我彷彿聽見了美妙的音色。

第一章

睡美人

「在山區辦試膽大會？」

我提出疑問。

夕陽西下，夜晚時分來臨，我們三個人一起往山中走去。哲也的母親真知子阿姨正在準備晚餐，看見我們準備去布置試膽大會，她將打算供奉在神社的當地特產酒交給我們。所以我們等等應該會前往山中的神社吧……

「對啊。天色昏暗，你要小心腳步喔。」

「那倒還好，可是我們現在要前往的地方不就是……」

我話說到一半，眼前剛好出現山路的入口。我們正準備進入夜晚的山區。夜晚的山區已經充滿危險，好巧不巧這座山又是下午康太姨父提醒過不要輕易靠近的那座斑駁山，讓我的警戒心又更上一層樓；加上過去我曾在這裡受過重傷，我心中的警鈴響得更大聲了。

「我爸跟你提過嗎？」

「嗯，他叫我不要接近這座山。」

「沒錯，我們也向村民宣導盡量不要靠近這座山，但唯獨現在這個時期例外。」

「例外？」

我們在山路入口處停下腳步，作為行前確認事項，哲也向我簡單解釋了為何不允許人們接近這座山。

「這座山啊，俗稱『神隱之山』。」

「這個名字聽起來也太危險了。」

「沒錯，很危險喔。雖然我們這一代沒人遇過，也已經好幾十年不曾發生過，但以前這座山有不少人遇過神隱事件呢。」

「不少人……」

「對啊，像是突然少了一個村民，或是忽然出現不認識的人之類的。」

「感覺挺像靈異事件耶。」

「別說是靈異事件！」

小雅似乎不太喜歡談論這類話題。可能也因為害怕，所以來的路上一句話也沒說。

哲也應該已經習慣小雅害怕的模樣，他不在意地繼續說道：

「不過，好像真的發生過神隱事件，遭遇過事件的人名，都記錄在文獻裡。」

「原來不是騙人的！」

「沒錯，所以我希望你心裡先有個底之後，再進入山區。」

看著哲也認真的眼神，我也只能聽話地點頭。

「可是，為什麼要特地選這座危險的山舉辦試膽大會呢？」

哲也一臉得意地笑了，表情彷彿說著「你問到重點了！」

「我故意的啊。」

「什麼意思？」

「參加這場試膽大會的對象是村裡的孩子，目的是嚇唬他們。」

「哦，我明白了。利用試膽大會讓孩子們對這座山產生恐懼心態，他們就不敢接近這裡了，對嗎？」

「說得沒錯。」

見我一點就通，哲也佩服地點點頭。自我小時候，哲也就如同大哥般的存在，能獲得他的認同，我喜悅的心情簡直難以用筆墨形容。

當我和哲也談著天時，一旁的樹蔭傳出了沙沙聲。

「啊——嚇我一跳！」

小雅第一時間作出反應，比起沙沙聲，反而是小雅的大動作嚇到我了。

「小雅，安靜點！妳真的一點也不優『雅』耶。」

「你不要嘲笑我爸媽幫我取的寶貴名字！」

「我沒有嘲笑妳的名字，我只是說妳得加把勁，才能配得上它。」

「要你多管閒事！」

乍看之下兩人像在吵架，仔細一瞧，哲也捉弄小雅的表情感覺有些樂在其中；受捉弄的小雅，似乎也不怎麼在意，反而有種「一切習以為常」的信賴感。

我很羨慕這種親密又自然的關係。如果我有這種相處模式的朋友，即使關係不及戀人程度，我也能大方地和對方分享自己的夢想，或許就不會未經思考便衝動地離家出走了吧。

「走吧，我們入山吧！」

說完，哲也率先邁開步伐。黑夜籠罩下，看不清眼前的山路。參天的樹木透出一股威嚴，彷彿禁止著我們入山。我帶著前往探險未開發洞窟的緊張心情，緊跟在哲也及小雅身後。

「這條路視線不佳，小心腳步喔。」

小雅全身發顫得比我厲害，步履蹣跚地走著，聽見她的提醒，我的心情平靜了許多，真是不可思議。

不過這樣小心翼翼地走在山路上，雖然只走了一小段，卻讓我想起過去的事。我聽說當年的意外，是因為我腳滑而跌倒受傷的。不過這都是聽人轉述，我只記得那位在我跌落時幫了我一把的女性而已。

「比海還深，比天還高，獻給身處遙遠彼方的你——」

她所哼的曲子片段在我耳裡迴盪著。其他和意外有關的地點、救我一命的女性容貌，我幾乎想不起來，就只有這段歌詞清楚地烙印在我腦海裡。

我不禁期待，來到這個村莊、來到這座山，或許有機會刺激我的記憶，我便有可能回想起那些我所遺忘的事情。

「我……」

以前是不是發生過意外？我原本想和他們再確認一次，但看著兩人忙於布置試膽大會，現在實在不是問這問題的好時機，所以把話又吞了回去。

「怎麼了？」

我臨時想找其他的話題，看見因害怕而全身僵硬的小雅，突然找到想問的事情。

「那個，在我來這裡之前，哲也也在布置試膽大會吧？」

「當然啊。」

「那為什麼小雅會這麼害怕？」

「我才不害怕呢……」

小雅仍全身發著抖，她的辯解絲毫沒有說服力。

不過，看著我和小雅對話的哲也，似乎靈機一動，帶著惡作劇的表情開口說道：

「小雅，老實說，這座山以前……」

「啊——我不要聽！我聽不見！什麼都聽不見！」

聽見哲也刻意壓低的聲音，小雅雙手摀緊耳朵大叫著。叫聲漸漸地停止，最後她摀著耳朵蹲在地上，用全身表現出恐懼的情緒。

哲也也蹲下安撫著小雅，她才終於冷靜下來，不愧是從小一起長大的朋友。

看著他們的互動，心裡有一絲羨慕的感覺。

「話說回來，為什麼夏天會有這麼多怪譚啊？」

小雅聽見我單純的疑問，眼神犀利地瞪了我一眼，應該是不想繼續討論這件事，所以她轉移了話題。

「樓梯（譯註：日文音同怪譚）一年四季都一樣吧！」

「妳已經超越怪譚的極限了。」

「我說的是樓梯！」

當我加入兩人相互調侃的對話後，整個氣氛變得相當和諧。小雅轉移話題的計畫成功奏效。

而我，能加入他們的談話，彷彿自己也是從小和他們一起長大，有種莫名的安心感。

而且，小雅明明這麼害怕，卻有辦法在這個幾乎沒有燈光、比鄉村還鄉村的地方好好生活著。

「那，接下來我們就試走一遍試膽大會的路線吧。」

聊天告一個段落，哲也回歸正題。他說明了試膽大會的概要以及接下來要準備的事項。

「在你來之前，我們準備的進度已經超過一半了，接下來想邊聽你的意見邊做調整。」

「可是我不知道自己可以做些什麼。」

「別這麼說嘛。首先我有一件要拜託你做的事。」

我歪著頭回應哲也，結果他說的答案，相當適合用來驗收前置作業的成果。

「我想麻煩你來體驗看看我和小雅準備的試膽大會。」

所以我才故意挑晚間時段帶怕黑的小雅出門啊。哲也補充道，然後吃了一記小雅的肘擊。

不過哲也說得對，這的確是符合第一天協助布置試膽大會的好工作，我爽快地答應了。

一個人走在夜晚的山路上，氣氛相當陰森恐怖。

四周的聲音大部分是蟬鳴聲及風掃過樹葉的沙沙聲，但多半聽起來像是從遠處傳來的，身旁反而出奇地安靜。

試膽大會的路線只有這一條單行道山路，所以不用擔心中途不知該往哪兒走。在山路的盡頭，有一座位於半山腰的神社，是本次試膽大會的終點。參加者必須走到神社，將真知子阿姨交代的當地特產酒供奉於神社中，便能完成試膽任務。

哲也和小雅說他們還得做些安排，要我過十分鐘後再出發，說完便走進黑暗的山裡。一想到自己獨自留在這個人生地不熟的山裡，難免有點膽怯。年齡不大的孩子來參加這個活動，一定會如哲也所預期的感到無比害怕吧。

「……好恐怖啊。」

我喃喃地說出心聲。

氣候明明是夏天，晚風卻倍感沁涼，我的冷汗不停地滴落。

即便如此，我仍慢慢地往前走著。這次測試的目的是為了能使孩子們參加安全的試膽大會，所以我必須在視線不佳的黑暗中，小心翼翼地前進，並且記錄容易絆腳的隆起樹根及大石頭的位置，之後再找個白天時間來處理掉它們。

「通往神社的山路……那這條山路就是參（譯註：音同三）路了呀。」

說著無聊的笑話也不會減低恐懼感，我決定認真地往前走。

可是不管怎麼走，一路上依舊安安靜靜。我本來以為他們說的事前安排，是安排一些機關要來嚇嚇大家，結果卻不如我所料。

我該不會走錯路吧？可是他們說只有這一條山路，我也不覺得自己有走偏路線。我一直聚精會神地踩著腳步，如果有岔路，應該能察覺才對。

「不過，我有種走錯路的感覺啊……」

話才說完，原本滿是森林的山路，像要配合我剛說的話一般，漸漸變得開闊。一路走來都沒有嚇人的機關，所以我想應該會設在終點神社附近，結果卻看見一棟與我想像相去萬里的建築物。

不對，眼前的景象使我不確定稱呼它為建築物或神社是否恰當。

我的目的地，是一座半毀的神社。

神社的模樣保留了下來，仔細一瞧，神社前方有個損壞的香油箱，但一眼便認得出來，這不是要供奉當地特產酒的神社。

我的直覺告訴我，這不是哲也所說的那座神社。

我環顧四周，沒有看見兩人的身影，和之前走來的道路相比，樹木的數量明顯減少許多。我腦海裡閃過一個念頭，該不會這裡就是山坡斑駁的區域，也就是傳說中村民不得靠近的地方吧。

可是，我無法克制地一步步走向半毀的神社。

與其說是感興趣或是好奇心使然，比較像是回過神來，便受眼前的建築物牽引而靠近的感覺。

走到半毀神社前，一股令人震撼的存在感折服了我。我感受到異常強烈的壓迫感，全身充斥著「想更靠近」的衝動。

我仔細觀察那座建築物，外觀雖然看起來半毀，但整個神社的氣勢依舊存在，由此可見外觀毀損並未影響到神社內部。

一回神，我發現手中拿著從包裡拿出的當地特產酒。整個思緒也全是該把這酒供奉在哪裡。為什麼我會有種必須對這神社獻上敬品的衝動呢？

我的結論是，供奉在神社裡應該沒問題，於是我伸手推開了神社的門。其實照理來說，應該只有管理神社的世家才有資格開啟這扇門。

我用力地慢慢推開半掩的門，感覺像是將長年乏人問津的東西公諸於世。

我將門推到底。

——一名稚氣的少女躺在裡面。

頭上皎潔的月光照耀在少女的側臉上，將她稚氣又端正的容貌照得一清二楚。

事發突然，我全身動彈不得。不一會兒，少女的睫毛微微顫著，慢慢地睜開了雙眼。

「嗯、呃……」

她揉揉惺忪的雙眼，一雙大眼睛看著我，露出了慵懶的笑容喃喃地說：

「彌一早安。」

她剛睡醒有些含糊的聲音，在我耳裡聽來卻有一股熟悉的舒服感。

光聽這一聲，我便直覺地認為，我喜歡這個聲音，

但我不明白為什麼她會知道我的姓名。結果後來我還是找不到布置試膽大會的哲也和小雅，所以我逕自決定下山去。

「況且，還多了這女孩。」

少女仍在睡夢中，原本以為她起床了，結果立刻又進入夢鄉。我覺得吵醒她不太好，所以自己決定揹起她，總不能把她丟在山裡啊。先帶她回哲也家，等她清醒再問個清楚也不遲。

雖然女孩身材纖細，但揹著她下山，出乎意料地辛苦，我只好不斷說服自己，這是解決運動不足的好方法，努力鞭策自己的身體往前走。

一路回到山腳下，看見兩個本應安排機關來嚇我的人站在那兒，小雅看起來似乎不太高興。

「你們兩個跑去哪……」

「我不是說一定要沿著山路走嗎！」

在我問完「跑去哪裡」前，小雅便大聲叫著。她說得沒錯，哲也的表情彷彿如此說著，沒有對小雅大呼小叫的行為表示意見。

我果然中途走錯了路，沒有發現岔路便誤闖進去了。

「可是我的確是直直往前走啊。」

小雅覺得我在找藉口，她哼了一聲別過頭去。

另一方面，哲也也對我投了個意有所指的眼神。

「今天這樣也沒辦法繼續了，明天再體驗試膽大會吧。……話說彌一，那女孩是誰？」

果然哲也在意的是趴在我背上睡得正香甜的少女。

「喔，我在深山裡的半毀神社中發現她的。」

雖然我知道自己說的話很無厘頭，但不這麼說也沒其他說法了。哲也應該是從我的態度發覺我沒有說謊，他也沒有多問，單純說出自己的見解。

「這孩子，可能是『旅人』。」

「『旅人』？」

「嗯。這座山偶爾會出現不知名人士。在霧山村會把這些因遭遇神隱而突然出現的人稱為『旅人』。」

在我的眼前，哲也的家人正忙著準備晚餐。燒烤肉品和魚類的香味令我食指大動。

這分量看起來不像是一家子的晚餐，而是召集血緣相近的親戚共襄盛舉的烤肉晚會。

總人數超過二十人以上，人數漸漸到齊，料理也接二連三地端上桌。急驚風的小雅也忙著幫忙準備餐點，她的動作俐落，看起來十分能幹。而最能幹的哲也暫時不見人影，但應該開始用餐就會回來了。

我呢，因為盛情難卻，「今天是招待客人的宴會，你只管好好享受」，所以我無事一身輕，只負責照料那位女孩。雖說照料，其實只是看她依舊睡得香甜罷了。

「嗯……」

心裡剛這麼想，從在山上發現她時便一直身在夢鄉中的少女，輕輕地挪了挪身體。她的動作越來越大，似乎已經清醒過來。少女微微睜開沉重的眼皮，皺了皺鼻子，緊接著坐起身來說道：

「好香的味道啊。」

當她不慌不忙地說著這句話時，她的肚子也配合著她說的話，發出了咕嚕叫聲。

我差點要把這位突然出現的未知「旅人」少女歸類於怪人之中了。

「那個，早安？」

「嗯，早安。」

少女的腦海裡好像充滿了食物，等到她出聲跟我說話，才意識到我的存在。她擺動著富有光澤的長髮，確認四周的環境。我看著面貌清秀的她，內心不禁讚嘆著她的美麗。

「妳知道自己為什麼會在這裡嗎？」

「我怎麼會在這裡呢？」

是我問法不對嗎？她一直都在睡覺，還沒搞清楚情況，不知道是我把她帶到這裡的。於是我換個問法。

「妳記得自己之前做了些什麼嗎？」

「我之前都做了些什麼呢？」

可是，少女卻心不在焉，只是一直重複著我的問題。

「妳為什麼晚上還在山裡呢？」

「我怎麼會晚上還在山裡呢？」

我跟隨著她的視線，她的視野所及是眾多美味的佳餚。終於，她拿起盤子，開始盛裝餐點。

「來，這些給你。」

「謝、謝謝妳……不對啦！」

差點就被她牽著鼻子走了，還好我在情況沒有變得更糟之前及時煞車。

這樣一來一往也問不出個所以然，所以我開門見山地問她我在意的那件事。

「妳為什麼會知道我的名字？」

「什麼？」

在神社時，她只清醒了幾秒鐘，一見到我就說出「彌一」兩個字。我的名字不算常見，應該不是碰巧猜中。那麼，她為什麼會知道我的名字呢？

「因為妳剛剛叫了我的名字。」

「……」

「……」

「……那個，你是誰啊？」

她瞪大雙眼，看起來真的不知道我是誰。那她剛剛叫著我的名字，不知道是我聽錯了，或者只是湊巧說對。

「我是奧村彌一。偶然間在深山中的神社發現妳，因為夜晚的深山很危險，所以我自作主張揹妳下山，妳還好吧？」

「什麼！？我會不會很重？不過，真的很謝謝你。」

話一說完，少女放低身段，手和膝蓋放在地上，毫不猶豫地對我行了一禮。動作就像知名旅館的老闆娘一般熟練，十分彬彬有禮。

我被她的動作嚇了一跳，但她稀鬆平常地站起身，所以我也沒有特別說些什麼。

「我可以叫你奧村君嗎？」

「可以啊……不對，直呼我彌一就可以了。」

「是嗎？那我就叫你彌一了。」

她看起來就是一個普通女孩，應該和我同齡或小我幾歲。嚴格來說，只有她身上穿的類似和服的服裝比較少見，但她穿起來絲毫不感覺彆扭，感覺得出來她已經習慣這種裝束。再加上霧山村中的女性有不少人平日裡也作和服打扮，所以看起來並不突兀。話說回來，我也還不確定她是不是霧山村的人。

「對了，妳為什麼會一個人睡在深山中的半毀神社裡呢？」

「嗯——為什麼呢？我剛剛在做什麼？應該說……」

她斷斷續續地說了幾句話，隨後說出令人意外的話語。

「我是誰呀？」

……在夜晚的深山神社中發現的少女，居然喪失了記憶，我居然遇上了如此不可思議的事。

而且還是我到這村子第一天晚上發生的，我不禁覺得這是命運的惡作劇，讓我捲入了麻煩的事情當中。

可是發現她的人是我，如果不負起責任陪她到最後，我自己心裡實在過意不去。我再度深刻體認到自己的弱點。

「那妳記得哪些事呢？」

「記得的事……記得的事……」

少女重複說了好幾次，然後似乎突然想起什麼事般，「啊」了一聲。

「不好意思，我的答案可能很模糊不清，但我一定是得去做一件非做不可的事。」

「非做不可的事？」

「非做不可的事！」

真的沒有比這個更含糊不清的答案了。

「還有，我的名字……」

「妳想起自己的姓名了嗎？」

「只想起名字而已。」

少女正襟危坐，一手放在自己胸前，恭敬地介紹自己的名字。

「我的名字是結。連結人與人之間，締結緣分的結。」

這種自我介紹感覺有些神秘，彷彿對自己的名字有深厚的感情，在姓名中挹注了特別的情感後脫口而出，聽起來感覺很神聖。

她毫不遲疑地對我恭敬地行了一禮。抬起頭時一頭光澤的黑長髮搖晃著，露出她融合稚氣與嫻靜的清秀容貌。

「我一定得去做一件非做不可的事，以及我是結。就這樣。」

「就這樣啊？」

看著少女，結的模樣以及她最後露出的淺淺微笑，我只能重複她說過的話。我從結的自我介紹中感到某種強烈的意志，彷彿她背負著某種使命一樣。

四周正為準備烤肉大會而喧鬧著，感覺好像只有結的身旁與現實無關。看著結每次露出笑容時，她那臉頰細微的動作和瞇成一條線的眼睛，讓我的視線無法從她身上移開。

換句話說，我因為她這番簡單的自我介紹而著迷。

「你怎麼了？」

「沒、沒什麼。」

我失神入迷了，這種話我當然說不出口，我心虛地調開視線，然後看見小雅從後方跑了過來。

「我來通知你們吃飯，那孩子醒了是吧？」

看著小雅大大地鬆了一口氣的樣子，看得出來她真的很擔心。這種為人著想的一面，讓人感覺得到她的善良。

「嗯，醒了，我正在問她事情的經過。」

「那問出什麼了嗎？至少我知道她應該不是霧山村裡的人。這個村莊又偏僻又小，每個同年齡層的人我都認得。」

雖然有一絲期待，但其實我也猜到了，自稱結的女孩似乎真的不是霧山村的村民。

「嗯，我問出她的姓名了……不過，該怎麼說呢？可以確定的是，她也不太清楚發生什麼事了。」

因為目前得到的資訊相當含糊不清，所以我給小雅的回答只能跟著閃爍其詞。

緊接著，我們談話的主角——結走到我旁邊，看著小雅，做出和方才同樣的行為來介紹自己的名字。

「我的名字是結。連結人與人之間，締結緣分的結。」

「……」

精心設計過的自我介紹，對小雅來說也是極具吸引力，她露出茫然的表情，彷彿被奪走了心靈及語言能力。

「優雅程度大敗……」小雅似乎深受莫名挫敗感打擊，喃喃自語地說。

「不過，我只記得自己的名字而已，不清楚自己的身分……」

「咦？其他都不記得了嗎？」

「對啊。我只覺得有件非做不可的事要去做，但真正記住的只有結這個名字而已。」

說完，她害羞地笑了。

小雅抱著手臂，仔細聆聽結說的每一句話，似乎在腦中理出了脈絡，猛地抬起頭來。

「……那不就是喪失記憶嗎！？」

這個反應真的不算優雅。

小雅大聲喊出的問題發言，傳遍了全場，烤肉大會準備就緒的村民，接二連三地靠了過來。每個人都對結充滿了好奇心。

結可能是「旅人」，又沒有親人，村裡的高層人士應該已經聯絡過警察了。附近的警察也對霧山村的神隱傳說有所理解，沒有把事情看得太嚴重，反而同意讓結在村裡待一陣子，村民都很熱心幫忙。

村裡的烤肉大會開始了，村民們對新事物充滿好奇，於是我和結便成為他們熱烈討論的對象。

他們對結尤其感興趣，大部分的村民都驚呼著「第一次見到旅人耶！」

這幾十年來，似乎鮮少出現遭遇神隱的「旅人」，所以他們的心情都是終於親眼目擊村中代代相傳的神話故事了。結姣好的面容更是將眾人的好奇心推向顛峰。

剛才到處奔跑的少年、大腹便便的孕婦、拄著拐杖的駝背老人，各式各樣的人都來找結聊天，她頓時成為大家的好奇目標。可能是因為喪失記憶的關係，儘管她只能回答「我什麼也不記得——」整個氣氛依舊很歡樂。每個人臉上都帶著笑容，以結為中心散發著平和的氣氛。

原本和結說著話的我及小雅立刻成了局外人。

「太厲害了……」

從結和村民互動的情形便能看出她的為人。溫柔的態度和燦爛的笑容，使人心情平靜愉悅。並且，她明明肚子很餓，但若有人來找她攀談時，她便不會食用餐點，以至於手上盤子裡的食物完全沒有減少，即使飢腸轆轆，她也沒有面露不悅。

「她比我這個親戚更快和大家打成一片啊。」

我苦笑著說。

「真的耶。大家對事先說好要過來的你，完全沒有興趣呢。」

「妳能不能不要在本人面前直戳痛處啊！？」

小雅可能是藉機報復剛才我不見人影一事，不過她的言詞雖犀利，但一點也沒錯。今天的烤肉大會，我原本應該是和結立場互換，成為大家的焦點。不過，因為結這個女孩很有魅力又惹人疼愛，所以才讓焦點轉移到她身上。

可是，結的四周不知道為什麼特別喧鬧。不僅是烤肉大會炒熱氣氛，還隱約有種不太安定的感覺。

「他們在吵架嗎？」

「那個，我想大概是在爭著向結問問題的順序吧。」

連爭執的原因也這麼和平。

但結好像因為人太多有些不知所措，更重要的是她明明很飢餓，手上盤子裡的食物，絲毫沒有減少的跡象。

「她看起來好像有點為難，我去問問情況。」

我走到結的身邊，準備出手相救。

「我把她借走嘍——」

我鑽進人群抓起她的手。結也順從地跟著我行動，逃出人群後，她大大地吐了一口氣。

「呼——彌一你真是幫了大忙。我真的快餓暈了。」

說話同時，她忍飢已久的肚子也發出了大聲響，結夾起盤中的烤肉，大快朵頤起來。

好不容易吃到食物的結，越是咀嚼，表情就越扭曲。她狼吞虎嚥地吃下烤肉後，發出充滿悲傷的聲音。

「餐點冷掉了……肉都變硬了啦！我看這塊肉很美味，刻意先搶先贏的說——」

這是結忍受著飢餓後所發出的悲痛之聲。她淚眼汪汪地看著我。

可是，不知道為什麼，我覺得結的反應很有趣，忍不住笑了出來。

「你笑什麼啦！」

「啊，抱歉抱歉，因為妳的反應好有趣。」

我笑不可仰，「你笑我！」結用力地拍了我的肩膀說。

最後我答應她，我會去請他們再烤一片肉，她才原諒我，

「哦！那孩子醒啦。」

「哲也你去哪了？」

一直不見人影的哲也終於出現了。

「嗯，處理些瑣事。」

哲也含糊地帶過後，轉向結對她說：

「妳好，我是谷岡哲也。」

「我們是初次見面，沒錯吧。我的名字是結。連結人與人之間，締結緣分的結。」

她說完固定台詞後，恭敬地行了一禮。
「結、小姐，請多指教。」
我看著不知怎麼接話的哲也，發現他的眼神中閃過一絲驚訝。
「嗯，哲也君也請多多指教。」
兩人之間有種難以言喻的氣氛，但我還來不及繼續觀察，哲也就趕著離開。
「這陣子就麻煩小雅家照顧結小姐，彌一你還是按原計畫住我家。」
哲也說完，沒吃任何東西就走了。他剛剛應該是去找人討論如何安置結了。
話說回來，小雅的父親即村長也不在現場。
「那個，牙牙——」
「牙、牙牙？」
「妳的名字是雅，裡面有一個牙字，所以我叫妳牙牙啊。」
「嗯、嗯，我知道，可是牙牙這個……」
「麻煩妳多照顧嘍，牙牙。」
眼前是一臉滿足地點著頭的結，和表情十分複雜的小雅。兩人看起來，的確是小雅比較成熟，小雅也想展現出姊姊的風範，不過依舊失敗了。

接下來，我們繼續用餐，和村民們一起同樂。

最後，不僅結，連我也成為話題中心，村民問我各式各樣的問題。雖說是親戚，但大多是遠親或是幾乎等同於沒有血緣關係的人，雖然見過的人沒幾個，但這個村的村民對外人都很友善，我清楚感受到他們都是善良和藹的人。我想，整個村子裡一定也是充滿濃濃的人情味。

聽某位爺爺的說法，由於神隱傳說開始廣為流傳，整個村莊也開始盛情款待所有來村的外人，招待「旅人」也成為了一種風俗習慣。

烤肉大會結束後，大家各自回到自己的住家。

每個住所都十分寬敞，對住慣城市的我來說，這種寬敞程度可說是一大奢侈。

「結，妳身體狀況還好嗎？」

「嗯，沒事喲。我吃飯吃得很飽，現在元氣十足呢！」

站在人潮散去的廣場裡，我開口問她。
儘管我們才剛認識沒多久，不知道為什麼對結有股莫名的親切感，所以無法置之不理。
「村裡的人都是好人，我什麼都想不起來，但大家還是對我很親切。」
「是的沒錯。」
「可是你不是這裡的村民對吧？我好像有聽到其他人這麼說。」
「嗯，或許吧。」
我姑且算是和哲也有血緣關係，不過的確沒有住在這；離家出走的事，我實在說不出口，所以我簡單帶過話題。
「所以才會跟我一起成為大家討論的焦點啊。」
「好像是呢。這裡平時很少人來，招待我們的同時也覺得很新奇吧。」
「原來是這樣啊。」
我和結持續閒聊著。她今天突然來到此地，和我的狀況一定大不相同；她不像我做好了計畫和準備才來到此地，而且又失去大半以上的記憶，我困惑著不知該如何開啟話題。

「啊——那個……他們有告訴妳，接下來，也就是明天該怎麼辦嗎？」

「我只聽說，現階段他們會負責照顧我而已。」

真的幫了大忙呢。結低語道。

村中應該也是統整出意見，打算先觀察一陣子吧。雖然最近鮮少發生，不過村裡的所有居民都能理解並接受神隱這種非科學的現象。或許大家也都聽過傳說，知道一些當「旅人」來訪時的應對方式吧。

「那，機會難得，明天我們一起做些有趣的事情吧。」

「有趣的事情！」

「沒錯，我們身為學生，當然得盡情享受暑假呀！」

「學生……說的也是！」

即便失去記憶，結的樣子明顯和我同一個年代。或許跟我差個一兩歲，應該不至於相差到超過學生的範圍。結一定也在放暑假，如果會在村裡待一陣子的話，那我想和她好好相處。

她很友善、富有魅力，又很可愛，而且我很喜歡她的聲音，甚至希望她能演唱我作的曲子。

話雖如此，要對剛認識不久的人闡述夢想，我還是有點抗拒。因為父母曾駁斥過我的夢想，搞不好她也會否定我的夢想，我的腦中浮現出這個思緒，

「我想哲也一定也會為我們安排有趣的計畫。」

結果我還是沒說出自己的想法，只是加強她對明天以後的期待。好不容易有緣相遇，我希望她也能樂在其中。

「我非常期待唷！」

說完，她便往借宿的小雅家走去。

我回到谷岡家後，真知子阿姨要我快點準備洗澡與就寢。

哲也遲遲沒有返家，聽說這是常態，於是我隨意地躺在床上。

「這個村子如此偏僻，晚上也沒什麼可以消遣娛樂的地方，應該是還在和村長討論事情吧。」

雖然我很掛心哲也，不過我想這些事明天再問就好。眼皮越來越沉重，我抵抗不住地閉上了雙眼。長途跋涉加上烤肉大會，一整天滿滿的行程，身體十分疲憊。躺在被窩中，我已經完全無法動彈了。

話說回來，那女孩。結到底是何方神聖呢？我一邊思考著，思緒越來越朦朧，最後進入了夢鄉。

「哲也——」

我叫喚著在視線範圍中的哲也。明明是我在喊人，感覺卻像發生在別人身上一樣，彷彿手腳自己動了起來。視線位置也比平常來得低，有如看見了不一樣的世界。

「彌一你太慢了！我們要丟下你不管嘍！」

「奧村君，加油啊！」

我拚命地追著哲也與小雅的背影；我努力地穿過蒼鬱的樹林、從葉隙間灑下的陽光，拚命地追趕著他們。

哲也、小雅，還有我，我們三個人身高都不高。原來如此，所以我覺得周圍的樹木特別高大。

沿著崎嶇的山路直直往前行，平時生活在山林中的哲也和小雅走起山路駕輕就熟，相較之下，我光是要跟上他們的腳步便已筋疲力盡。我大口地喘著氣，即便疲累，我心裡只有一個念頭，我絕對不要一個人被他們拋在山裡。我專注地移動著自己的雙腳，突然間眼前一片明亮。我們似乎來到了開闊的地方，陽光強烈照耀下，我不自覺地閉上雙眼。

「怎麼樣！」

哲也看著我，自豪地說著。

我調整好呼吸，感官也漸漸地重新發揮作用。仔細感受下，發現全身汗水浸濕了我的上衣、吹拂頸邊的海風相當清新，頗有夏天的氣氛。

海風？

順著哲也指引的方向看去，觸目所及的是整個霧山村及綿延的山脈，遠處有一片寬廣的海洋。

原來這裡是適合欣賞優美風景的高台。

「太美了……」

我不禁發出讚嘆。陽光灑在海面上的粼粼波光，和我在城市裡偶然看見的海不同，這裡的海宛如閃耀的寶石一般。

「這裡是我們的秘密地點。」

「你千萬不要告訴其他人喔。」

哲也和雅彼此都自豪地炫耀這片風景。我也因為踏入了他們的秘密場所而感受到更深的連結，感到一種滿足感。

他們帶了可以在高台上玩耍的物品，我們把這裡當成秘密基地一般，一直待到日落。無論是走在不熟悉的山路上、一望無際的海面上閃著粼粼波光、在有如秘密基地的地方大玩特玩，都讓我覺得好興奮、好開心啊！因此我們沒有人注意到天候有所異樣。

滴答、水滴滴在我的鼻尖。

水滴接二連三的落下，才發現天空正下著雨。

下雨的山區很危險，住在附近的兩個人相當清楚這一點，我也本能地覺得情況不太妙，心中的警鈴大作。原來啊，人都是在察覺到危險之後，才會開始緊張啊。

總之得快點下山。焦急的心情影響了三個人的判斷。

小雅的腳陷在泥濘中，使她的重心往後倒。我站在她身後，為了不要碰到她，於是我也往後退了一步。然後——

我的腳踩了個空。

「咦？」

之後，我的眼前只有下著雨的漆黑天空。然後彷彿突然有一股重力拉扯著我，我的身體正在往下墜。

說仔細一點，就是我在高台上踩了空，然後摔下了陡峭的山坡。

我最後聽見的聲音是小雅的尖叫聲及哲也拚命的叫喚聲，還有另外一個來自某人的……

第二章

空白的四天

隔天一早，吃完他們為我準備的早餐後，「今天中午我們要繼續準備試膽大會」，不知道幾點回來的哲也對我說道。

我跟著他們來到入山處，除了哲也及小雅外，結也和他們在一起。他們一起朝我揮手，看著結很快地和他們打成一片，我著實有些驚訝。看到他們三人的相處方式，不免懷疑結不會也是和他們一起長大的吧，但實際上他們昨天才第一次見面。

我看著結身上穿著和小雅借來的服裝而非原本的和服時，感覺很新鮮也很可愛，但我沒有對她說出口。

「早安。」

和大家打過招呼後，主辦人哲也對所有人說明今天布置試膽大會的主要內容。

「接著要繼續布置試膽大會，我們已經處理好大部分了，所以今天要調整剩下的細節，還想麻煩你們完成昨天沒有成功的事前排練。」

「沒問題。」

我答道。小雅也贊同地點點頭。而結好像想要對我說些悄悄話。

我配合她的身高稍微蹲低身體，耳朵靠了過去，結悄聲問道：

「什麼是試膽大會？會很恐怖嗎？」

「對的，會去一些恐怖的地方。」

「這樣啊。」

原來有人不知道什麼是試膽大會啊，我一面想，一面關心著結對哲也提出的問題。

「哲也君、哲也君，為什麼你要辦試膽大會？」

「怎麼了？妳害怕嗎？」

「沒有，不是這樣的。我只是單純疑惑，為什麼要特意在這麼危險的山區，舉辦夜間試膽大會而已。」

不明就裡的結，當然會問這種問題。

「我是故意的，因為這個試膽大會是為了村裡的孩子們舉行的。」

嗯嗯。結點頭示意哲也繼續說。

「山裡面本來就不安全，到了夜晚更加危險。再加上，這座山一直流傳著『會發生神隱事件』這類令人不安的傳說。所以，如果在幼童時期在山裡有過恐怖經驗的話，大腦下意識地會判斷這裡是不可以進入的場所。因此，這個村子每隔幾年都會舉行試膽大會。」

「原來如此。」

「沒錯，所以現在包括大人在內，幾乎沒有人會靠近這座山。」

「沒有人會靠近嗎……」

結低喃著，順從地點頭，接著她說。

「我也要幫忙！」

她說話的聲音鏗鏘有力。

不知道為什麼，在我聽來，覺得她這番話說得十分誠懇。我和結的視線相交後，她對我露出笑容，低聲地對我說了一句「一起加油吧！」

我覺得結的表情似乎別有含意，但我又說不出個所以然。

為了安全第一，最重要的準備工作是確保孩子們前進的路線上，腳下沒有任何障礙物。接著我們必須確認機關旁邊的路徑以及機關本身作用與否。因為哲也準備了許多大型機關，規模大到不像是兒童版本的試膽大會，所以確認工作也繁複許多。

「這個以兒童為對象的試膽大會，你會不會用力過猛了？」

我問哲也。有許多機關，連我這個高中生看了都覺得害怕。

早知道就不問了，哲也一臉不懷好意地說。

「既然要辦的話，就得辦一場最恐怖的嚇死他們。」

他意氣風發地說。

哲也的樣子讓小雅有點無奈地嘆了口氣，於是我詢問小雅為什麼他會如此重視這件事情？

「哲也為什麼這麼認真啊？」

「嗯？這個嘛，奧村君你不記得了嗎？」
「記得什麼？」
「之前你來村裡玩的時候，也舉辦過試膽大會啊。」
經小雅一說，好像有這麼回事。不過沒什麼記憶了。
「不過，那時你受傷了沒能參加，所以才不記得吧。」
我受過傷。這點我記得相當清楚。也是因為那時候的受傷經驗，所以才演變成我的夢想和父母的想法有所牴觸，導致我後來離家出走。小雅沒有發現我回憶起這些片段，自顧自地接著說：
「那次試膽真的超恐怖的，我都嚇哭了，哲也被嚇得腿軟，他對大人們根本沒有手下留情這件事一直耿耿於懷。」
「妳也是因為那次試膽才變得討厭恐怖的東西的啊。」
「囉唆！」哲也說完，小雅馬上回嘴道。兩人鬥嘴的畫面，感覺已經變成一種意料中事了。

「牙牙，原來妳會怕恐怖的東西啊？」

只不過，他們似乎沒想到會有新人加入鬥嘴行列，除了哲也吐槽小雅外，結也補了一刀。

「連小結也這麼說……」

這時我覺得自己必須得搭上這班車，所以我也開口說道。

「小雅，妳怕——」

「奧村君，你給我閉嘴！」

小雅好兇。

不過，哲也打小就很可靠，連他都嚇得腿軟，我反而很好奇當年的大人們準備了什麼機關。

可是為了報當年之仇，就要讓現在的孩子當犧牲品嗎？我無法忍受這種作法，所以我暗自決定，試膽大會當天我要助那些孩子一臂之力。

入山後，許多作業皆順利進行中，大型機關的數量之多，連確認總數都是一大工程。

不過，在龐大的作業量下，結全心投入協助準備工作，我則是訝異於她的行動力。她主動加入所有準備工作，在會場裡忙得不可開交。

「結為什麼如此幹勁十足啊？」

我和結一樣，都是昨天住進村裡，飽受大家照顧的對象。當然受人照顧，當然盡全力協助村內的工作是件好事，但我卻覺得結好像帶著特別的心情及思緒在做這些事情。

「說真的，我也不知道為什麼。我現在受你們三人還有村民們的照顧，有我幫得上忙的事，我當然也想出一份力，不過最大的動力，應該算是一股衝動吧。」

「衝動？」

「嗯，一股莫名的衝動讓我覺得一定得幫忙。我想一定和我非做不可的那件事有關聯。」

結露出無邪的笑容，又跑去幫忙準備工作了。

結身上有太多我不清楚的事，也有不少我想弄清楚的事。可是因為她喪失了記憶，所以無從得知。因此，我現在最想知道結的事情就是「在記憶喪失的狀態下，為什麼還能保持如此冷靜呢？」

話又說回來，面對她可愛的笑容與言詞，我實在無法問她這麼莽撞的問題。

後來我們各自遵照哲也的指示繼續完成準備工作。我們不斷在山中來來回回，終於稍微掌握了整座山的地理環境。由於有些材料不足，加上自正午開始工作所累積的疲勞，於是我們先下山一趟。

「好累呀——」

結大叫著，「真的好累啊。」我和小雅也接著說道。

「不過，小結妳真的一直動個不停呢。」

「結小姐真的很能幹。」

大家爭相稱讚，結原本因炎熱而通紅的臉頰顯得更紅了。

「你們這樣稱讚我，我都不知道該說什麼了啦。」看著結純真的反應，我們三人的心情都變得平靜。結不好意思地東看西看，結果看到某件吸引她注意的事情，她便朝該方向喊去。

「嗨！爺爺好。」

我遠遠看見有位上了年記的男性正在散步。依稀覺得有點印象，一定是昨天烤肉大會上和我們同桌過的人。

「哎呀，小結妳好啊。」

老爺爺也在第一時間回應了結，兩人開始輕鬆地閒聊著。

「結真是個社交達人。」

從昨天開始，我就相當佩服結的社交能力。可能是因為她毫不做作的個性，才讓她如此交遊廣闊吧。

「可是，小結到底是從哪來的呢……」

「對啊，究竟是哪裡呢？」

小雅不好意思詢問結，但還是很在意她的來歷。結到底是從哪裡來的？為何出現在這裡呢？她真的是傳說中的「旅人」嗎？

「哲也你覺得呢？」

「這個嘛……雖然我不大清楚，不過我認為她很有可能是『旅人』。在夜晚的山上突然出現一位少女，這種充滿靈異的事情，一般人不會相信，也無法解釋。但是在霧山村，姑且有個風俗習慣可以解釋這個現象。」

「果然是這樣啊。」

哲也說得沒錯。

「旅人」，指的是遭遇神隱事件而突然出現的人。

那，為什麼會發生神隱事件呢？遭遇神隱事件的人是從哪裡來的？為什麼遭遇神隱事件的人非他不可呢？這是人為造成的嗎？我越是思考，謎題也隨著越變越多。

結閒聊結束後回到我們的隊伍，我們又繼續往前走。

哲也嘴上雖然說著「我們要去便利商店」，但走在村子裡，根本沒有現代化設施存在的跡象。

「真的有便利商店嗎？」

就算商品一應俱全，什麼都買得到，但在這種清一色是山和樹木的村子裡，真的會有那種方便的店鋪嗎？

「有的。我們這裡的店鋪一定比城市裡的更厲害！」

小雅一連點了好幾次頭。

既然他們如此堅持，我越來越期待看見這家厲害的便利商店。

「什麼是便利商店？」

結提出的問題比我更原始，害我差點笑出來。從她的提問可以得知她如果不是這個村子的人，就是住在比這裡更鄉下的地方。令我驚訝的是，原來還有人不知道便利商店的存在。

「店裡的東西應有盡有，是大家的好伙伴。」

雖然說得超級抽象，但我在日常生活中也常光顧便利商店，所以才會說是我們的好伙伴。

「那麼，也會是我的好伙伴！好期待呀。」

正如結所說，她也因期待而腳步輕快起來。

在大家來回互動之際，似乎到達了目的地。因為看外觀實在看不出來是便利商店，所以不敢確定。

「到嘍！」

此處就是村裡，或說這附近唯一的便利商店。

在村子一隅，在大房子上立著一塊用平假名寫著「便利商店」的招牌，看見這麼有自信的招牌，我著實吃了一驚。

「這就是……」

「便利商店……」

我和結都被這家店的氛圍而大感震撼。

大房子的玄關前方相當寬闊。原本應有其他用途，現在則是簡單陳列著商品。商店裡除了必備的飯糰、麵包，也有可樂餅等炸物，更有琳瑯滿目的飲料可供選擇。不僅食物，連日用品的種類也不亞於便利商店，還有眾多各種領域的專業工具，都是我之前沒有見過的。其中最吸引我目光的是，擺放在收銀台附近的機器。

「刨冰機……」

我一直盯著那台機器，連擦汗都忘了。不光是我，一台刨冰機擄獲了在場所有人的心。

買齊了方才布置時不夠的材料，我們一起奔向收銀台，小雅代表大家開口說道：

「阿婆！我們要買刨冰！」

小雅宏亮的聲音傳遍了整家店，十幾秒後，店內走出了一位聲音略微沙啞的女性。

「呵呵，要刨冰是嗎？四人份行嗎？」

確認人數後，看起來是店長的婆婆捲起袖子，幹勁十足站在刨冰機前，然後以迅雷不及掩耳的速度手動轉著刨冰機。不一會兒，一碗刨冰就做好了，動作熟練的程度令人驚嘆。

「來，第一碗做好了，要什麼口味？」

我站得離刨冰機最近，好像被婆婆當成第一碗冰的認領者了。

「那，藍色夏威夷好了。」

「原因是？」

「原、原因嗎？」

沒想到會問選擇的原因。

「這個嘛，其實沒什麼特別的，那個看起來對身體不太好的藍色，感覺很好吃。」

我坦率地說出自己的想法。「嗯，好糟糕的理由。」站在我身後的小雅調侃我。可是婆婆卻用力點著頭說「有趣！」，然後為我在刨冰上淋了大量藍色夏威夷糖漿。

「冰一下子就會融化，趕快吃，別等大家了。」

婆婆催促著，我拿起了湯匙。雖然搶先享用感覺有點對不起大家，但我滾燙的身體正渴求著冰涼的食物，於是我忍不住嚐了一口。

「……！？」

一送入口中的瞬間，就知道這和我過去吃過的刨冰截然不同。吃起來就像層層堆積的雪，鬆鬆綿綿的。和我在夏季祭典攤位上所吃到的完全不一樣。

婆婆一邊刨著冰，一邊觀察我的反應，「手工刨冰果然比較好吃對吧！」她滿足地微笑道。

我認為，與其說是手工刨冰好吃，應該是婆婆的刨冰技術已經晉升至達人的境界了。

在我吃著冰時，刨冰一碗接一碗地完成。有趣的是，觀察大家選擇刨冰的口味，也可以從中看出他們的個性。

想不到，健壯的哲也居然點了「草莓口味加大量煉乳」，反差之大讓我吃驚；小雅則假裝內行點了「雪白冰」，她總是在奇怪的地方展現自己的勝負欲。

接著是結。

「小結妳要什麼口味？」

「婆婆妳也認識我呀？」

「那當然啊。」

結的事情應該已經傳遍整個村子了。除了她是否為「旅人」的身分成為大家的焦點，事實上也是她為人和善，村子裡的人都認可她、喜歡她，因此很快地融入大家。

「那妳要吃什麼口味呢？」

「嗯……我想想。」

結歪著頭思考，然後用一股「我決定好了！」的氣勢轉向婆婆。

「請給我『雪』冰！」
「小結妳知道『雪』冰啊？」
「我最愛吃了！」
我第一次聽說刨冰有「雪」這種口味。哲也看起來也很好奇其真面目，而小雅則是一副本以為內行，卻被結反將一軍的不甘心模樣。
「呵呵，好久沒做『雪』冰了，得好好展現本領。」
婆婆說完，將刨到一半的冰全部倒掉，從店內拿出新的冰塊。新的冰塊中完全不含空氣，非常的透明，單憑這點，足以顯示出和其他刨冰的不同之處。
然後，婆婆認真地刨著冰，最後沒有淋上糖漿，而是撒上特製的糖粉便完成了。
「久等了。」
「哇……」
結的雙眼閃著無法言喻的光芒，我們三個則是相當好奇這款新冰品的滋味。

在刨好的冰上撒糖粉，視覺效果完全符合「雪」這個名字，即使能想像出味道，但不可思議地看起來非常美味。結吃了一口，雙眼的光芒又更加閃耀，可見其美味程度。於是，除了結以外的三人都各點了一碗「雪」冰來大快朵頤一番。

這家「便利商店」真的遠遠超過了我平常去的那些便利商店。

吃完刨冰緩解身體熱度後，大家又投入試膽大會的準備工作，結束時剛好太陽也下山了。我和結兩人擔任試膽大會的體驗員。本來昨天該做的體驗，因為我迷路了所以無法完成，延至今天執行。

「如果妳害怕的話，可以不用參加喔。」我對被我拖下水的結說道。可是好奇心旺盛的結卻可靠地回答我，「我也想親眼看看試膽大會的樣子。」於是決定兩人一起參加。我想最討厭這個試膽大會體驗活動的人，不是負責挑戰的我和結，而是不喜歡夜間活動的小雅吧。連續兩天在夜晚的山區進行準備工作，感覺她已經滿肚子苦水了。

和昨天一樣，我們等了十分鐘讓哲也和小雅先行準備後，才沿著入口走進單行道。

昨天我沿著這條路筆直往前走，不知道為什麼走錯路，走到了發現結的那個半毀神社。可是，我們白天準備時完全沒看見那座神社，也順利走到原本的該去的神社，應該是沒什麼問題。

耳裡聽見的是，兩個人踩在濕潤地面上的聲音及有時樹木擦過衣服的聲音。視線不佳，而且不知道為什麼綠葉的氣味在晚上比白天來得更濃烈，現在有種隱藏在森林深處的黑暗準備吞沒我們的感覺。

「結，妳怕不怕？」

「不怕，你看起來比較害怕。」

……妳這麼一說，我的男子氣概何在。我克制自己想反駁的心情，主動走在結的前面。

往前走了一段路，我們遇上了昨天沒看到的機關。從常見的釣竿掛蒟蒻到從地面伸出一隻手等恐怖裝置，設計得十分用心。「這會讓孩子們產生心理陰影吧……」

我不禁喃喃自語，試膽大會的高完成度，連我這個高中生也嚇得不輕。

「彌一彌一，那是什麼？」

突然聽到自己的名字嚇了我一跳，但我還是轉向結所指的方向。

前方所見的是，好幾道搖曳在山中樹木之間的火影。其實是用燈籠等道具，來假裝成鬼火，這是所有機關中最費工夫的一種，畢竟在山裡無法隨心所欲的使用火苗。即便如此，從遠處看過去的火焰形狀，像是幻影般帶著神秘的感覺，又散發著一股可疑的氣氛，一口氣提高了試膽大會的恐怖程度。

「雖然我覺得用火球也很好，但還是必須小心不能釀成山中大火。」

「如果試膽大會是不想讓孩子們接近這座山的措施的話，乾脆一把火燒掉這座山算了。」

「這也未免做得太過火了！？」

結突然提出這種無厘頭的提議。

「我覺得妳還是放棄這種危險的想法。」

「是嗎？這只是我突然靈光一閃的想法而已啦。」

這女孩，或許有著過於常人的感性。可能她來自一個有過燒山經驗的村莊？抱歉，我亂說的，其實我不知道有沒有這種村莊。

「妳也不記得自己的出生地嗎？」

「嗯——，我覺得走在這座山還有霧山村裡，有一種熟悉的感覺，我在想，或許我的出生地就是這樣的地方。」

仔細一想，比起我爬起山來氣喘如牛，結倒是和哲也與小雅一樣，習慣在山中來來去去。

總之，我可說是對結一無所知，接下來慢慢認識她吧！我心裡這麼想著。有朝一日，我也想讓她看看我作的歌曲。

我們接著留意腳步，持續走在試膽大會的路線上。我有好幾次被機關嚇得差點尖叫，但多虧了有結這個女孩在我身邊，我才能努力壓抑下來。

沿著路線前進，終於看見目的地神社。和昨天見到的神社不同，這座神社結構完好，而非半毀損的樣子。

「辛苦你們了！」

一踏進神社，小雅便出現了。

「試膽大會怎麼樣？你們兩個看起來不是很害怕耶。」

「好好玩喔！每個機關都很有趣，尤其是為了不讓人靠近，而花了許多心思的機關，真的很好玩。」

結歸納出結論，儼然像個試膽大會專家。我也接著開口道：

「嗯，恐怖氣氛營造得相當棒，嚇人的機關也可圈可點。」

「也就是說？」

小雅露出比任何一個機關都可怕的笑容提問道。而且她知道自己捉弄人時，結一定會加入她的陣營，所以對結使了個眼色。

這個精明的傢伙。
「也就是說——？」
果然結也跟上她的腳步，露出同等恐怖的笑容。
「超恐怖的啦！」
小雅逼我說出這句話，不知道是不是為了報昨日之仇，她愉悅的樣子，是我這兩天來看到最棒的表情。
「不過呢，彌一的腳一直發著抖喔。」
原來結早就察覺了。
哲也已經開始整理道具，我們也一同前往。晚上這麼危險，明天再收拾也沒關係吧？我對他們提出疑問。
「等等會下雨，不收起來的話，機關會壞掉的。」
他們回答。
今天早上的天氣預報說這附近不會下雨，但這就是在地人的直覺吧。臨海再加上多山的地區，天氣更是捉摸不定。

接著，當大家差不多收好機關時，雨絲開始落下，淋濕了地面。

空氣中漸漸瀰漫著濕氣，使哲也的話多了幾分可信度，但沒想到真的會下雨。今後，我會更相信哲也預報更勝天氣預報的。

我心裡想著，然後努力收拾剩下的道具。

收拾好之後，有些不易搬運的道具就蓋上塑膠布以防遭雨淋濕，剩下可以帶走的就各自拿著。在大家急忙躲雨之際，只有結站在原地不為所動。

「結怎麼不走？下大雨了，我們必須趕快回去。」

「雨……」

結像是全身失去力氣般，兩眼無神地仰望天空。她絲毫不在意雨滴落在自己的臉上，只是一直凝視著漆黑的陰鬱天空。

她怎麼了？我心想著往她靠近一步。結突然看向前方，並且往前方跑了過去。

「結！？」

結居然往山中跑去，我不僅眼光追隨著她，身體也半反射狀態地追在她身後。後面傳來哲也大喊「喂！」的聲音，但我沒有時間回答。直覺告訴我，如果我現在不追上結，一定會後悔。

結在女孩中腳程算快，我好不容易追上她，她又突然停下腳步。我調整呼吸後詢問她原因。

「呼……妳怎麼了？」

「彌一……」

結的眼睛似乎還在失焦狀態，不過總算是看到我的身影。

雨不斷地下著，絲毫沒有停歇的跡象，反而越下越大了。早上結那身令我看得出神的裝扮、亮眼的樣子在雨水拍打下已不復見。白皙的膚色襯托出的明亮黑髮，因雨而緊貼在她的肌膚上，這樣的結看起來更顯悲傷。

沒錯，若要以一個詞來形容眼前的結，「悲傷」或是「孤獨」最為適合。雖然雨天給人的印象，總是會聯想到這兩個詞，但結帶給我的感受，不光只是印象而已。因此，我又重問了一次。

「妳怎麼了？」

「……」

結沒有回答，逕自走著。不過與方才的焦慮腳步不同，她彷彿配合著我的腳步，要我跟著她一起前進。

我跟著她走在山路上，抵達了那個熟悉的地方。

「這裡是……」

眼前出現的是，昨天我不慎闖入、那個與結相遇的神社。神社外觀依舊是半毀狀態，已經沒有神社的樣子。雨天讓這座建築物看起來更像廢墟。

雖然神社的外觀殘破不堪，但當中所散發出的氛圍令人不寒而慄，事實上，這裡比剛才那座現在仍在使用的神社，更有令人震懾的氣氛。我的本能告訴我，這個建築物非比尋常。

「我想起了一件事。」

結的聲音有些顫抖。

「我想起了我的目的。」

她邊說邊靠近神社。

可是，我心中覺得眼前這個地方不太妙。不可以靠近那座建築物！我幾乎要大喊出聲。

「接下來，我只要確定這個記憶究竟是惡夢、是惡劣的玩笑，還是貨真價實的記憶就好。」

「等等！妳在說什麼……」

她沒有回答我的問題，只是露出淺淺微笑。

「彌一，跟我一起在這裡躲雨吧。」

這裡，指的當然是這座半毀的神社之中。雖然我很想反對結的提議，但我無法好好對她說明我心裡這股直覺。走到如此深山中，已距離村莊有些距離，我明白在這裡等雨停歇是比較好的選擇。

「雨應該一下子就停了，在這裡等一等，好嗎？」

雨勢強烈地拍打著，似乎不太可能立刻就停，而且結臉上淺淺的笑容令人無法忽視。

「嗯、好。一起躲雨吧。」

此時我只能點頭同意。

我和結並肩站在這座詭異的神社前面。神社果然散發出一種氣場，給人一種不得接近的感覺，令身體產生畏懼。即使如此，結依舊毫不猶豫地伸手開了門。

「……」

昨天發現結時，已經稍微看過這座神社裡的樣子，可是重新一看還是覺得不可思議。

外觀雖然已經損毀，內部卻保持得相當良好。雨天導致月光透不進來，不知為何內部卻感覺十分明亮。

結走進神社後，我也隨後跟上。

關上門之後，整體氣氛突然有了大幅改變。

一瞬間，我有種漂浮的感覺，接著聽覺感受到一股阻力。有如搭乘新幹線通過隧道時所承受的空氣壓力一般。

「結，這是哪裡？」

我當然知道答案當然是神社之中，但我還是覺得這裡跟我所想的地方完全不一樣。仔細想想，這裡感覺有些脫離現實，像在夢境中一般，十分虛無飄渺。

「雨已經停了喔。」

回過神來，外面強烈的雨聲已經停了。

我半信半疑地走出神社，雨真的停了。在神社裡明明待不到一分鐘，只是在裡面看了一圈內裝，並且問結一個含糊的問題而已。

雨會在這麼短的時間裡停歇嗎？而且還是雨勢正在逐漸增強的階段。

「只是陣雨嗎？」

我驚訝地問道，結則回答我一個不明所以的答案。

「不是，雨下得挺久的。而且，空氣中幾乎沒有濕氣，地面也乾了。」

如結所說，視線所及之處根本不像雨才剛停。樹木上沒有水滴，天空晴朗幾乎沒有雲。那陣雨下得如此之大，即便停雨，腳邊也該有水窪才是，現在卻毫無痕跡。不如說在這樣的景色中，只有我和結全身濕透，反而更令人無法理解。我倆彷彿像是迷失在景色相同的其他世界之中。

「總之我們先下山吧？」

「……說的也是。」

結的提議讓我處理不及的大腦對腳下了開始移動的指令。總之我一邊走，一邊讓大腦繼續運作，整理整理思緒。

首先，我體驗了試膽大會，然後幫忙收拾，卻不巧遇上下大雨，趕忙收拾後準備下山。可是結卻突然往深山裡跑去，然後看見半毀的神社。接著我們打算在神社裡躲雨，一進去沒多久雨就停了。走出神社一看，完全沒有下過雨的跡象，令人懷疑那場雨究竟是真是假。然而我和結卻是渾身濕透。這就是整個過程。

我試著釐清現狀，將發生過的事情一一排序，果然還是理不清頭緒，使我頭痛欲裂，彷彿大腦不堪負荷發出悲鳴一般。

應該說再次遇到那座半毀神社，還有結的腳步彷彿她早已熟知那座神社，這兩件事才是令我混亂的主因。

結看起來像是知道我遇上這些神奇事件的原因，她看著我拚命思考的模樣，卻毫無想要為我解答的跡象。

最後我放棄思考，只能專心走著路。

「反正也順利回來了，就這樣吧。」

看到眼前熟悉的村莊，讓我放了心。當人遇上難以理解的狀況時，會特別覺得疲累。我的精神已經到達疲勞最高點，我的身心都在渴求著，希望能早點回去好好睡一覺。

可是，越接近村子，越覺得村子裡有異樣。好像出了什麼事，幾位成年男性一邊吆喝著，一邊在村子附近四周奔走。

「發生什麼事了？」

我帶著疑問走向村子，聽見村民們口中所說的字眼。

我仔細聽著他們說出的話。

——彌一君、小結！

他們喊著我們的名字，好像在找我們。
而且，我認識的人們也說著同樣的話。
「彌一！小結！聽見的話回我一聲！！」
哲也拚命地喊著。平時總是冷靜的他，現在卻十分慌亂，聲音也變得沙啞。由此可知，他不知道喊了多少次我們的名字。
「哲也，我們在這！」
我揮著手叫道。接著看見我們的哲也，帶著驚愕的表情向我們走來。
「抱歉，我們回來晚了，這是——」
怎麼回事？我話還沒問完，哲也的怒吼打斷了我。
「你們到底跑到哪去了！？」
聽見哲也的威嚇聲，我閉上了嘴巴。
「你幹嘛這麼生氣？回來晚了，我向你道歉。我只是稍微在山裡躲雨，回來得稍微遲些而已啊。」
說完我才發現，哲也穿的服裝和剛才的不一樣。他回家換過衣服嗎？不僅如此，昨天宴會留下的東西已經清理乾淨，取而代之的是殘破的試膽大會機關。這些是原本應該留在山裡的機關，至少這些大量的道具，不可能在傾盆大雨的一小時內帶回來。

「彌一，你在說什麼傻話？」

一種恐怖又無法理解的東西，不斷地侵蝕我的大腦。

過去未曾遭遇的恐懼，我逃不開自己正在面臨的事實。

「哲也才是，說什麼傻話？還有其他人怎麼了？」

周遭的人一看見我和結的身影，紛紛鬆了一口氣。但是放下心的村民們，臉上的表情都很害怕。這表示，我和結到剛才為止都處於一種令人擔心的狀態吧？

然後，哲也開口說出：

「你們兩個，這四天來到底跑哪去了？」

這麼一句話。

一句至關重要的話。

我和結兩個人，這四天來行蹤不明，所以大家忙著搜索我們。

第三章

真相

真知子阿姨告訴我，找到我和結的隔天，村裡又恢復了往日的平靜。

自己到底發生了什麼事，至今我仍毫無頭緒。起床時，我查看手機確認今天的日期和時間。檢查過早餐時段播放的電視新聞、貼在冰箱上的日曆，甚至打電話給我當地的熟人。

可是。

多重確認下，時間依舊是比我所認知的多過了四天；同時，這四天來我的記憶像開了個洞似的不連貫。

「給大家添麻煩了。」

我深深地鞠躬，向四天來一直在尋找我們的村民致歉。除了造成大家擔心，還讓大家花費時間尋找我們，內心實在過意不去。

接著得去向村長，也就是小雅的父親道歉，據說他召集了大批村民來尋找我們。基本上霧山村中的建築多是大間的民房，其中可見一座格外壯觀的建築物，其外觀看起來和旅館相似。

「歡迎你來。」

盛情款待的村長，邀請我入內。走進客廳後，發現哲也也在，他應該想加入接下來的話題。來這裡除了道歉，也是向村長說明這四天我們失蹤的原因，所以哲也也想來聽聽事情經過吧。只是我不禁會想，既然都住在同一個屋簷下，為什麼不直接問我就好呢？

「很抱歉給您添麻煩了。也謝謝您帶人來尋找我們。」

「不用客氣，你們沒事就好。」

村長寬容地回答。不用在意，村長所露出的溫柔笑容彷彿如此說著。

「真的非常感謝您。」

村長見我再次鞠躬之後，示意要我接著說明事情的經過。直接了當地說，就是想知道「那四天到底發生什麼事」。

可是，我不知道自己該說些什麼。況且，其實我也害怕直接說出當天的事情經過。一定是我的內心對於沒有經過結同意就說出來，而有所抗拒吧。

「試膽大會收拾完畢後，我衝向山區去追結，找到結之後我們就立刻下山，不知道為什麼就經過了四天。」

所以才變成這樣。我含糊其詞，雖然找到結就下山這點是謊言，其他的都是事實。

「果然，你應該是遇到神隱事件了。」

我好奇村長為何會說「果然」二字，一問之下，過去似乎有村民也是像這樣好幾天音訊全無，然後又突然出現的紀錄。

「更何況，小結可能也是『旅人』不是嗎？」

接著我對村長坦承自己昨天起一直在想的事情。

——有關結的真實身分。

昨天的結，言行舉止有許多令人無法理解之處。包括在暴雨中匆忙入山、似乎早已知曉那座半毀神社，以及好像想起了什麼事情等。

說實話，我對於結這個女孩感到諸多好奇。

「結沒有對你們說些什麼嗎？」

「嗯，她從昨天就開始悶悶不樂，我想先讓她一個人靜一靜。」

應該是因為遭遇神隱事件而大受打擊吧。村長補充說道。的確昨天離開神社之後，結就突然變得沉默寡言，但在我看來，那並非因為受到打擊，而是陷入沉思，正在煩惱著某事的樣子。

「彌一，結的事你是不是知道些什麼？」

「……沒有，只知道她喜歡吃『雪』口味的刨冰。」

我對她一無所知。無論姓名、年齡、出生地、家族成員皆一概不知。

儘管結因為喪失記憶，對自己的事情也不太清楚，儘管如此，我仍覺得自己知道的太少了。

我想要更進一步地了解關於她的事情，卻事與願違。

到頭來，我在這件事上對村長能說的事情並不多，說明事情經過也平淡地結束。自始至終保持沉默的哲也，直到最後也沒有開口說話。

「那麼彌一，暫時先不要靠近那座山，即便有事必須靠近，一定要提前知會一聲，或找人陪同再前往。」

「好的，我明白了。」

村長說的話，與其說是提醒村民，聽起來更像是孩子監護人對孩子的叮嚀。村長也是一個盡責的家長呢。這是無庸置疑的，我心想著。

「啊，我想起來了！小結曾開過一次口。」

「她說了什麼？」

「她只說：『如果彌一來了，希望能和他見一面。』所以你去看看小結吧，她在客房裡。」

「好的，我去看看她。」

我起身後向村長道謝，轉身準備離開客廳。

「彌一。」

此時，一直保持沉默的哲也出聲叫住我。在我準備回頭前，他從背後問了個問題。

「結真的沒有和你說過什麼吧？」

只問了這句話。哲也問的無關神隱事件，也不是四天來做過什麼，而是問了結的事。雖然我不知道他的用意為何，但我故作若無其事，輕輕點頭後開口。

「她什麼也沒說。」

我回答他。

她什麼也沒說，我的確什麼都不知道。只是我很清楚，她一定隱藏著某些秘密。

所以我現在要去問個清楚。

我加快腳步，走向結借住的客房。

我敲了兩下客房的門。

「是誰？」

「是我，彌一。」

簡潔的對話後，門無聲地打開了。結從房內開了門，一定是要我進去吧。順從她的意思，我走進結暫時借住的客房。

「結，怎麼了？」

進入房間後，結穿著和服呆愣地坐在被褥上。黑色的長髮、雪白的肌膚，非常適合和服打扮。可是結的臉上陰霾仍不見消退，果然是正為某事而苦惱。

「彌一。」

她突然喊了我的名字。

「什麼事？」

我盡可能用柔軟的口氣反問她。

「……」

「……」

她說話吞吞吐吐，彷彿猶豫著該不該說。她的嘴巴數度開開合合，每次都欲言又止，只是輕嘆著氣。

在不明確的氣氛下，沉默持續了約三分鐘後，結終於開口了。我感覺她正微微顫抖著，說話的聲音中帶著恐懼。

「……我想起來了。」

我沒有接著問她想起什麼，只是等著結自己往下說。

她努力地尋找詞彙，看起來像是思考著該如何對我說明。

「那座半毀的神社叫做『古川神社』，神社內、外的時間流動速度不同，可以藉此穿越過去和未來。」

聽見她這番話，我無法坦然接受。

因為時間穿越這種事，不是科幻小說的情節嗎？

時間的確是流逝了。這麼說來，之前我到這個村子時，也曾遭逢意外，昏迷過好幾天，這種說法反倒令我容易接受。

「妳想起來的事就是這個？」

嚴格來說，我問的話也包含「妳只想起這件事」的意思。結點頭「嗯」了一聲。

「因此，我想要調查那座神社。」

「但村長說現在不允許入山。」

「我知道，他也對我說過。儘管如此，我還是得調查清楚。」

聽到這句話，我感覺自己心中產生一股無以名狀的煩躁感。

「妳還是別去，太危險了。」

說實話，我很在意那座神社，也很想調查仔細。可是，我們才給村民添完麻煩，不應該再讓大家擔心，況且我對那座神社感到好奇的同時，也對其抱持著同等或者更甚的畏懼。說實話我不太想靠近。

時間逕自流逝，而我卻毫無自覺，這種恐懼感真是難以言喻。

「我知道很危險。」

「那妳為什麼還要去？」

「……所以我才對你說。」

「……」

「我希望你能幫幫我。」

毫不掩飾的一句話。同時她的眼神直直地盯著我，感覺得到她的認真。

可是，恐懼感依舊揮之不去。

我當然想助結一臂之力，因為知道她想做的事很危險，擔心她的心情也是真的。即便如此，一想到得再次接近那座神社，我仍深感畏懼。太可悲了，如此的我說出來的話也同樣可悲。

「畢竟我們才讓大家擔心好幾天，所以我去不了那座山，妳也打消念頭比較好。」

聽我說完後，結的表情一暗。

「總之我們先在村裡收集有關神隱或時空穿越的相關資訊，那座神社會引發如此大規模的事件，村裡一定留有蛛絲馬跡。」

我明白即使我這麼說也無法阻止結前往那座山。儘管如此，我仍試圖透過編造些理由，來強迫自己相信自身的恐懼是合理的。

「結，妳不能去那座山，如果真的去了，也絕對不能踏進神社。」

真是不負責任的忠告。結一定對我很失望吧，既沒出息又沒擔當。最糟糕的是，我竟覺得「那也是沒辦法的事」。

結不可能放棄調查的。

結一定和那座神社有深厚的關係。

我在神社發現了結。現在想來，這件事實在不太合理，青春少女怎麼會隻身一人在山裡的神社睡覺。

當時那股非救她不可的心情、從她口中喊出我名字的疑惑，還有那個瞬間一定有什麼神秘的氛圍在作怪，才模糊了我的記憶。現在回想起來真的好可怕。至少我能說，那座神社帶給我對未知事物的恐懼感。

真面目究竟是什麼？

如果我坦然地接受結的說法，那表示那座神社真的能做到時空穿越。那麼，在裡面睡著的結，究竟經歷過什麼呢……。

後來，我和結有一搭沒一搭地說了幾句話，我的腦子一片混亂，最後帶著猶豫不決的心情離開了房間。

踏出房門那一刻，結那句落寞的「謝謝」一直在我腦海中揮之不去，並且變成一種悔恨深植在我心中。

雖然我真的很害怕那座神社，但對結的擔心也是千真萬確。

因此我立刻開始在村裡收集資訊，希望能盡些棉薄之力。

於是我花了好幾天進行訪問調查，沒多久就得出了結果——

「請問您知道這個村子裡的神隱事件嗎？」

最終我依然放不下結，決定獨自去訪問整個村子。

「怎麼突然問起這個？」

我認為老人家應該會熟知村裡的傳說與歷史，所以我特別先訪問爺爺、奶奶。其實最清楚這個村子大小事的人是小雅的爸爸，問村長準沒錯，但除了最近經常給他們添麻煩外，我也刻意避開和寄居村長家的結見面。

「我平時不太有機會來這種發生神隱事件的村子，所以我想問問村裡的傳說，當成我暑假自由研究作業的主題。」

我盡可能自然地說出事先準備好的說詞。

「想做作業很好，但你別插手神隱事件比較好。」

奶奶卻十分嚴肅地回答我。

「為什麼呢？」

「因為太危險了。就我所知有好幾個想要調查的人，結果都遇上了神隱事件呢。」

「……原來如此。」

「我只能告訴你，我記得古文書上記載，大約從一百年前開始陸續發生神隱事件。」

奶奶只說了這些便轉身走向他處。接著我又向其他人詢問：

「這個村子一百年前發生過什麼事呢？」

我利用方才得到的資訊引出更多的新消息。

「一百年前嗎？我也還沒活到一百歲啊。」

留著濃密白鬍的老爺爺歪著頭說。

「小事也沒關係，如果您知道些什麼，請告訴我。」

「啊！說到一百年前，」

老爺爺靈光一閃似地拍著掌。

「怎麼了！？」

「那座山有些光禿斑駁對吧？」

「對的。」

「我聽說那個光禿的痕跡，大概就是一百多年前出現的。印象中好像曾在古文書上見到過……」

那個詞彙又出現了。

我問了好幾位村民，每個回答我的人，一定都會提到「古文書」這個詞彙。走到這一步，我開始認為那可能是重要的線索，上面可能會記錄寫著我想知道的事情。

最後我來到聞名的「便利商店」。

因為我一大早就開始在村裡走來走去，到了傍晚發現自己沒吃午餐，肚子餓得受不了，於是點了店內貼的「推薦菜單」上的可樂餅。

「歡迎光臨。」

「婆婆，我要一個可樂餅。」

「好喔！」

我遞給婆婆一枚五十日圓硬幣。這裡的價格已經比東京都內便利商店優惠許多，不知道口味怎麼樣。

結帳後，店長婆婆回到屋內。不一會兒，一股清香撲鼻而來，還能聽見正在油炸的清脆聲響。等待過程中，當我想著在盛夏中聽著炸可樂餅的聲音也很不錯之時，婆婆回來了。

她手裡拿著巴掌大的可樂餅。

「咦？這樣才五十圓？」

「那當然。」

婆婆慢慢地點頭表示肯定。

「醬汁想加多少就加多少，謝謝惠顧。」

說完，婆婆準備走回店裡。

手上拿著可樂餅，儘管重量和香味讓我感到疑惑，我仍完成了我本來的目的。

「婆婆，等一等。」

「還有什麼事？」

「我想問您一件事。」

婆婆用疑惑的表情回答我的問題。我決定直接簡單明瞭地詢問。

「婆婆您知道『古文書』嗎？上面好像記錄著這個村子所發生過的事情。」

話一說完，婆婆露出了然於心的表情。

「哦，原來你就是那個到處問人關於霧山村事情的男孩啊。」

「哎呀，您知道啊。」

「你在老人之間很出名啊。大家都在傳村裡有個好奇心旺盛，到處向老人搭話的年輕男孩。」

呵呵呵，婆婆開心地笑了。

目前廣為流傳的說法，未免錯得太離譜。這麼一來，我不就成了到處搭訕老人的危險人物嗎？即使我的腦袋裡一直抗拒這種說法，但我做的事的確和他們說的如出一轍，所以無法反駁。

「那婆婆您知道些什麼嗎？」

「我覺得你想知道的，我大概都知道喔。」

「既然如此！」

「不過，你還是別插手的好。如果無論如何都要知道的話，就去親眼看看《霧山古文書》吧。」

「便利商店」的店長不願意正面回答我的問題。雖然我目前只有詢問過老人，但我總覺得這個村子的人好像不希望我追查和村子有關的事。

還是說，有什麼不願提起的過往之事？

「對了，可樂餅趁熱趕快吃！」

「啊！好的。」

我向婆婆道謝後，離開了「便利商店」。

不知道味道如何。我咬了一口可樂餅，麵衣發出了清脆的聲音。口感綿密的馬鈴薯和牛肉鮮味相互襯托，讓我大呼過癮。

「好吃！」

這尺寸、這美味程度，只要五十日圓。

一旦這個暑假習慣了「便利商店」的消費品質後，等我回到城市，可能無法再踏進知名連鎖便利商店了。

離開「便利商店」走在路上，看見結站在遠處的身影。我悄悄地躲在陰影處觀察她，小心翼翼地不讓她發現。

「我好像個跟蹤狂啊。」

我深知自己的不中用，但在我能提供對結有用的資訊之前，暫時不想和她見面。

遠處的結正和村民有說有笑。對外她總是笑容滿面，應該說，看得出來她以自己的笑容與魅力來回報大家，以彌補我們失蹤時給大家造成的困擾。

當我在村裡四處向大家致歉時，結也一定像現在這樣，以笑容接待所有人吧。

一直站在這裡看著也不是辦法，我離開了現場。

我回到借住的哲也家，坐下來稍作休息，我打開隨身攜帶的筆記本，確認目前的情況。

我來彙整一下和事件有關的資訊。

我這幾天向村民探訪後得知：

●發生神隱事件和那座山開始光禿斑駁的時期皆在一百年前左右。

●詳細的內容皆記錄於《霧山古文書》中。

●反過來說，沒有人知曉結所說的「古川神社」。（或許只是不願提及）

以上。

「嗯……」

我喃喃唸著筆記上的文字。我真心覺得，如果不想辦法親眼看到《霧山古文書》的話，事情便無法有所進展。本來想要跟結報告好消息，看來勢必得去拜託村長了。

「可是，村民們似乎刻意隱瞞著以前的事情啊。」

正當我十分苦惱、情緒低落時時，真知子阿姨從我身後走了出來。

「怎麼了？」

「啊、沒什麼。」

「要喝點茶嗎？」

真知子阿姨應該是看出我的煩心事了，她端著準備好的冰麥茶和寒天凍，坐在我對面的位子上。

「吃吧。」

「謝謝妳。」

剛好我現在最想補充的就是冰鎮飲料和糖分，我深深感受到真知子阿姨待人接物的貼心。原來這就是善解人意的女性啊。

「然後呢？你在煩惱什麼？不嫌棄的話，說給我聽聽吧。」

「啊——這個嘛……」

這幾天我明白到村民好像不太想提及此事，所以實在對真知子阿姨難以啟齒。她看我舉棋不定，直接把視線投向我手邊的筆記本。
「哦，那個到處對村民打破砂鍋問到底的人果然是你啊。」
「妳怎麼知道？」
「隱約有感覺。」
說話同時，我也跟著真知子阿姨一起品嚐寒天凍。
「好好吃！」
和吃可樂餅時一模一樣的感想。
可是沒辦法呀，這真的是我唯一的感想。接近果凍的口感佐以清爽的調味，是道很適合搭配冰麥茶一同享用的夏季甜點。
「呵呵，我昨天做的。」
「妳自己做的嗎？」
「對啊，其實挺容易的。」
「比店裡賣的好吃多了。我們現在馬上一起去東京開店吧！」

「你太誇張了。」

即便覺得我誇張，真知子阿姨依舊面帶溫柔微笑，而且沒有打算讓我改變話題。

「寒天凍我再隨時做給你吃。說吧，為什麼這麼積極調查村裡的事呢？」

「被妳發現我在轉移話題了啊？」

「太明顯了，話說你又在撇開話題了。」

「不好意思。」

真知子阿姨真是滴水不漏。這就是成熟女性啊，果真不容小覷。

「不過，其實有一半原因是出自我的好奇心。來到鄉野，又是鄰近邊境的村子，村裡流傳著關於神隱的傳說，不是很令人興奮嗎？」

「我懂你的意思，我小時候也是到處去問這些事。不過你說一半出自於好奇心對吧？那另一半又是為什麼？」

真知子阿姨其實無須提問，也知道我的用意，不過即使問到村子的事，她也沒有顯露出如其他村民般不悅的表情，所以我對她坦承事實。

「是為了結。」

「哇哦！」

如此坦白地回答她，我覺得有些不好意思，真知子阿姨也用手摀著嘴巴，看起來有些驚訝。

「方便告訴我，為什麼會是為了結嗎？」

或許是我的態度表現得很認真，真知子阿姨也收起玩笑，露出嚴謹的表情。

「我之前失蹤了四天，應該就是遇到神隱事件了，而且大家都說結是『旅人』。雖然不清楚詳細原因，但有過神隱經驗的我，應該能夠成為她最強大的力量。」

儘管沒有說謊，但我仍沒有說出全部實情。且不論我因恐懼而和結避不見面，即便如此，我依然自負地認為自己能夠替她分憂。

「這樣啊，那的確得幫幫她才行呢。」

「是的。」

「你得成為她的王子才行呢。」

「這倒沒有。」

「這點要認同才對呀！」

「我不是什麼王子，我只是想幫上結的忙而已。」

結是「旅人」。而知道她真實身分的人，卻一個也沒有。乍眼一看可能覺得她看起來很好，但隻身一人處在陌生且沒人認識自己的環境，心中一定覺得很不安。

我的想法很單純，至少我可以成為願意理解她的那個人。

「不過我也明白你的心情。」

我回過神，真知子阿姨說的話打斷了我的思考。

「真知子阿姨，如果妳知道些什麼，能不能告訴我？」

「這個嘛，雖然我也很想直接告訴你，但我還是覺得你自己親眼確認會比較好。」

原來真知子阿姨也和大家口徑一致，我心想。「對了，」正當我覺得有些沮喪時，她又接著說：

「你要找的《古文書》，我記得是由村長負責管理，放在他家中。」

「……！？」

突如其來的有力資訊令我大吃一驚。我心想，真知子阿姨果然知道我想知道的事，我打從心底欽佩她。

「我能說的大概就是這些了吧～」

真知子阿姨刻意強調一句，臉上還露出滿足的表情。她的個性一定也是見不得別人困擾，所以才會主動詢問我的煩心事。

「非常謝謝妳！」

我道過謝，站了起來。

如果存放於村長家的話，我現在最該見的人就是村長的女兒小雅了。一想到小雅可能會去的地方，我跑了出去，一切都是為了能盡快告訴結已經證實的內容。

「順帶一提，我想小雅現在應該和哲也在廣場裡喔～」

背後傳來真知子阿姨的聲音，她果然看透了一切。

我在心中再次向她道謝，同時間快步走出家門。

如真知子阿姨所言，小雅和哲也兩人的確在廣場裡，除了他們，還有幾個小孩也在。兩人似乎受人之託，負責照顧孩子們。

「彌一你來啦。」

最早發現我的哲也朝我搭話。

「你們在做什麼？」

「看了不就知道了！」

小雅邊跑邊代替哲也回答我的問題。看了就知道……小雅被五個孩子追著跑，她東逃西竄想要甩開孩子們。哲也則是給予指示，讓孩子擋住小雅的去路。

「嗯——欺負妳？」
「才不是！」
「耶！抓到姊姊了！」
「哇！都是你害我被他們抓到了啦！」
雖然小雅抱怨著，可我只不過是說出我看到的樣子罷了……看起來就是哲也指揮孩子們欺負小雅啊。
「你這個場外鬼！」
「啊～隨便妳怎麼說，反正看起來就是他們在欺負妳。」
「你說什麼！」
眼前的小雅，就像鬼一樣面目猙獰。
「『真的有失優雅耶。』」
我和哲也異口同聲。實在太好笑了，我和哲也也大笑出聲。看到我們大笑的樣子，使小雅更加惱火。方才的奔跑應該已經筋疲力盡的她，又朝我們追了過來。

「鬼來了！大家快跑——」

哲也對孩子說完後，他們也「哇！」地大叫四處逃竄。彷彿我也加入了新一場鬼抓人遊戲，小雅執拗地緊追著我不放，我拚命地試圖擺脫她的追逐。

我大口喘著氣，等待呼吸平穩下來。

「呼……為什麼連我也跟著一起跑啊……」

雖然我嘴上抱怨，但好久沒有這麼開心地玩鬼抓人遊戲了。哲也和小雅一定也是因為常常和孩子一同奔跑，才會這麼健康。

「如果結也在這就好了。」

我不經意說出這句話。

對哦！我是為了結才來找小雅談事情的。我走向滿臉疲憊的小雅。「幹嘛，你對我有什麼意見嗎？」

「沒有，我怎麼會對妳有意見呢。」
我該不會是招人嫌了吧？不行，我不能接受。
「我是有話想對小雅——村長女兒身分的小雅說，才來這裡的。」
聽見我說的話，小雅深呼吸一口氣，裝模作樣地看向我。
可能是作為村長女兒的矜持使然吧。
「什麼事？」
由於我想要正經地詢問這件事，對方能以認真的態度回覆，真是太好了。小雅的高自尊心，偶爾也會把事情發展帶往好的方向去。
「我就開門見山的說了，我想要看一看《霧山古文書》。」
「《霧山古文書》？我不知道你是從哪聽說的，但我不能答應。因為那是禁止給外來人士觀看的，所以才會放在我家嚴加管理。」
原本這幾天在村子過得很愉快的我，聽見小雅強調「外來人士」，感覺相當寂寞。不過這也沒辦法，古文書裡或許寫著不得對外透露的事情。

「再說了，我也不曾看過。」

「不曾看過？」

村長女兒小雅也沒看過？

「嗯，雖然我知道放在哪裡，從我小時候開始，大人就一直對我耳提面命，不能碰也不能看。他們說裡面寫的都是恐怖的事情，所以我也沒想過要看。」

原來如此。如同他們會在曾發生過神隱事件的山裡舉辦試膽大會，使孩子們不敢靠近外，對《霧山古文書》也採取相同的措施，從小灌輸恐怖的印象，讓孩子不會產生想讀的念頭。這麼說來，可能大部分的年輕人都不曾接觸過。

如此一來，只能使出最後殺手鐧了。

「小雅，求求妳，拜託妳帶出《霧山古文書》讓我看一看。」

我誠心誠意地低頭懇求她。

「等等、等會兒，你這是怎麼了？」

「我真的很需要它！」

「可是，我爸說古文書不能給別人看……」

「這一切，都是為了結。」

「嗯……那就沒辦法了、吧。」

得到小雅的首肯還差臨門一腳，此時卻半路殺出了程咬金。

「彌一你也真夠狡猾的啊。」

哲也出聲說道。方才他一直站在一旁陪孩子們玩耍。

「說我狡猾也太難聽了。」

「哪裡難聽？你明知道只要這麼說，小雅就無法拒絕你不是嗎？這就叫狡猾。」

彷彿看穿我思緒的一句話。我一直很嚮往哲也這種仔細觀察周遭並且精明過人的性格，不過一旦和他站在對立面，事情就會變得十分麻煩。

「……」

「……」

我和哲也一直保持沉默，眼神交錯，彷彿相互牽制。為什麼哲也總是給我一種壓迫感呢？說真的，有點嚇人。

察覺我們之間的氣氛不太好的小雅，「怎麼了？怎麼回事？」她急忙問道。

然後大概過了一分鐘，我不肯屈服地一直瞪著哲也。突然間哲也嘴角揚起微笑。有點古怪的笑容，看起來像是望著一件挺有趣的東西。

「哦，你小子不錯啊！」

哲也歪著嘴擠出這句話。聽起來像拿我尋開心，平時總是給人冷靜沉著、泰然自若的男子，到底是什麼讓他覺得有趣呢？

「彌一，你有點變了。」

或者是結改變你的呢？他接著說。

「什麼意思？」

「啊，不，沒什麼。我自言自語。不過沒問題，我去幫你拿《霧山古文書》吧！」

「什麼？」

我無法克制自己激動的聲音。他似乎改變心意了，方才他明明打算阻撓我，不想讓我達到目的。

「你別會錯意。打從一開始，我就覺得讓你看看《霧山古文書》也無妨。」

也就是說，哲也在此停了停。

「你居然耍小聰明打算騙取小雅的好意，這讓我很不爽。」

「是我錯了。」

哲也說得沒錯。他說的話總是對的，同時也擁有矯正他人過錯的強大威力。

「可是哲也你能取出《霧山古文書》嗎？」

「那當然，因為我是下屆村長。」

好像真的是這樣。

難怪哲也最近經常和村長談話，或說處處可見這種跡象，我可以理解。但現場卻有一個狀況外的人。就是小雅。

「下屆村長，你是說下屆村長……」

小雅不斷重複著，每說一次她的臉就更紅一些，整張臉就像煮熟的章魚。

「沒錯，我是下屆村長。」

對照慌亂的小雅，哲也顯得格外冷靜。

不過，原來如此。我明白下屆村長的另外一層含意，也就是小雅突然臉紅慌張的原因了。

「也就是說你……」

「沒錯。」

哲也回應我時，眼神筆直地看著小雅。

接著冷靜地說出這句話。

「我要和小雅結婚。」

幾乎在哲也說出這句話的同時，小雅昏了過去。

之後就沒辦法再繼續正經地談話了。哲也抱著小雅，等小雅醒過來後，孩子們又開始調侃她，小雅因為害羞又追著孩子們跑，當好不容易冷靜下來時，哲也又乘勝追擊，「願意和我結婚嗎？」他說。因為又補了這句話，又引起現場前所未有的騷動。

即便如此哲也仍對我說：

「明天我試著拿《霧山古文書》給你。」

我相信他。

不過呢，現在得好好享受這場騷動，我也接近小雅打算調侃她。可是，在我準備說些什麼前，小雅內心可能響起了危險警報，毫不手軟地朝我揮了一拳。

「嗚哇！」

正中我胸口。

廣場的騷動結束後，今天也沒有其他要做的事，所以我想早早就寢。做完晚間固定行事後，我便鑽進被窩裡。

明天就能讀到《霧山古文書》了，上面記載著所有我想知道的事。一想到這裡，我的心情就平靜不下來。

可是為什麼要對村民保密到這種程度呢？上面寫的不可讓外人知道的事情又是什麼呢？古文書裡到底有沒有寫著可以幫助結的事情呢？話說回來，我又是為什麼要幫結幫到這個地步呢？

思緒的漩渦，讓我的意識越來越清醒。這下睡不著了，無可奈何下，我走出房子，想吹吹夜風。

「呼……」

我深呼吸一口氣。群山圍繞的霧山村容易籠罩熱氣，即便如此，夜晚走在路上依然很舒適。綠意盎然、草木吐香、恰到好處的蟲鳴聲、吹拂肌膚的舒適晚風，集合了上述要素，讓夏季夜晚充滿了涼爽感，我很喜歡。

深夜，我漫無目的地走在舒適宜人的村中，突然看見一個人影。一頭黑髮穿著和服，有一瞬間，我以為是靈異現象，還嚇了一跳，結果是那個這幾天我一直避不見面的少女。

我正猶豫著要不要叫喚她時，她好像已經發現我了。

「嗨，彌一。你睡不著嗎？」

「是啊，不知道為什麼沒有睡意。」

「這樣啊。」

結坐在天然草地上，仰頭看著星空。

「你來坐我旁邊。」

當我一直站著觀察她時，她對我說。

我應她要求坐在她身邊。

「這個村子真的很美好呢。」

「好突然的感想啊。」

「我一直都這麼認為。像我這樣身分不明的人，大家還是對我很親切，待我就像家人一般。每個人一定對我有許多好奇，但卻沒有人逼問過我。無論是幫我隱瞞事情的村長，或是總是貼心對待我的牙牙，他們都不曾想過要深究。」

我也親身感受到霧山村民的親切。我們才來沒幾天，村民就願意全體總動員來尋找失蹤的我們；即便路人只是碰巧經過，大家也一定會打招呼。我很清楚霧山村是個溫暖的地方，整個村子就像一個大家庭。

「所以，我一定要保護這個村的村民。」

「保護？」

這個詞彙，在整個對話中顯得很突兀。該說是場合不對嗎？嚴格來說，受保護的人應該是我們才是。

「嗯，我來保護。」

即便如此，結所說的「保護」，看似突兀，其中包含了覺悟與她的意志。

彷彿那是結賦予自身的使命一般。

晚風吹拂著結的黑髮。她將頭髮勾至耳後，露出她端莊的側臉。月光下，結的臉龐既純真又美麗，自然而然地吸引了我的目光。白瓷般的肌膚、清澈的雙眸，與夜晚的黑暗形成強烈的對比。

這個動人的少女，到底是所為何事，又從何處而來呢？

「對了，原來你真的在幫我收集資訊呀。」

「啊，嗯。」

沒想到會傳進結本人耳裡，讓我有點不太自在。

「有什麼斬獲嗎？」

「這個嘛……還沒有。」

我沒有掩飾，對結說了實話，對她說謊沒有任何意義。當然我已經收集到一些情報，或者明天就能得到結口中所說的「斬獲」。但是還沒有確定的事情，我認為不應該說出來讓她白開心一場。

即使調查情況尚未完全明朗，我是否也應該和她共享資訊呢？我還在思考這些事時，她似乎已經料到我的回答，輕輕地點了點頭。

「是嗎，不過我也清楚，這不是件容易的事。」

「可是我還沒有放棄。」

我只回了這句話。對我來說，不存在「放棄」這個選項。聽完我的話，結對我報以微笑。

「妳那邊呢？妳沒有進入神社吧？」

「別擔心，那是我唯一遵守的規則。」

唯一遵守的。儘管結的說法像是補充說明，但只要她沒有踏入神社，現階段就算是平安無事。我相信結說的話。

「可是我這裡沒有任何收穫。儘管有些在意的事，但憑我一己之力不太容易完成。」

「嗯，說的也是。」

雖然無法直接提供幫助讓我感到抱歉，但我仍然會振作精神，看看還有什麼我可以做的。

「彌一，謝謝你。」

「為什麼突然向我道謝？」

「彌一你也是，才認識我沒多久，也不了解我，卻對我這麼好。」

「因為我也剛來村子沒多久呀。」

「正是因為這樣，如果是剛到沒多久的地方，應該會選擇和本來就相識的哲也、牙牙在一起。可是你還是很照顧我。」

結邊說邊朝我憐愛地笑著。她維持抱膝坐姿，把頭靠在自己的膝蓋上。

「你對我這麼好，我很高興。」

「感覺有點不好意思呢。」

我害羞得不敢直視結的臉。

結看著撇過頭去的我說道：

「不過，你不用勉強自己。」

「說什麼勉強……」

「因為你對我很好，一定很努力；雖然覺得害怕，但還是會為別人傾盡全力。」

「可是呀，」結接著說道。

「我覺得，有些事你還是少知為妙，所以不用再查了。」

一瞬間，我不明白她說的話所指何意。可是我在腦裡反覆咀嚼她話中含意後，它逐漸成形，改變了我的認知。

她的意思，是要拒我於千里之外嗎？

「晚風吹太久，身體都變冷了。我們回去吧。」

「等一等……」

不顧我的阻止，結站起身來。不能讓結就這麼回去，我也起身追了上去。

「結！」

「怎麼了，你為什麼這麼緊張？」

經她一說我才發現，原來我是緊張的。

我的手心全是汗，感覺像被某物驅趕著。是遭到拒絕的煩躁感使然吧。

而且她說「少知為妙」是什麼意思？結也和那些不肯明說的村民一樣，知道些我不知曉的事嗎？

我雖滿腹疑問，卻不能讓結就這麼回去。

我真的很希望這幾天努力的成果，可以對結有所助益。

「結，我有事拜託妳。」

「什麼事呀？」

因為我不想說出沒有把握的事情。所以我這麼說。

「明天這個時間，能不能再過來這裡一趟？」

聽完，結果然對我報以微笑，但微笑中卻隱約帶著一抹寂寞影子。

隔天。

今天從早上開始，我就難以冷靜。除了今天可能有機會能讀到《霧山古文書》外，滿腦子想著結的事，也是其中一個原因。

我坐立難安，不知道為什麼，竟只剩我一個人陪孩子玩。我全力陪他們玩鬼抓人的遊戲，我心想只要能轉移我的思緒，做什麼都好。

我和跑累的孩子們一起躺在地上稍作休息，不一會兒就聽見一個腳步聲。

「彌一起來嘍——」

腳步聲主人哲也從高處看著躺在地上的我，然後朝我身上拋了個像是生鏽金屬片的物品。

看見有東西飛過來，我反射性地彈起身子接住了。

「這個是……」

「倉庫的鑰匙。」

如哲也所說，我手上拿著某處的鑰匙，但為什麼要給我這個呢？哲也似乎看穿我的心思，朝我說道：

「這是霧山家倉庫的鑰匙。你拿著那個潛入倉庫，偷出裡面的古文書吧。我能做的，只有幫你拿到鑰匙而已。」

說偷，印象未免也太糟糕了，再說了，這不明擺著是犯罪嗎？

「看在我們是親戚的分上，我就睜一隻眼閉一隻眼，如果被人發現了，我就陪你一起去道歉。而且你只是借用一會，沒什麼問題。」

哲也有夠敷衍的。

不過，至少我有方法可以拿到《霧山古文書》了，這點比較重要。

我已經請結晚上出來和我見面，在那之前我想自己先看一遍。這麼說的話，我最遲要在傍晚之前闖入倉庫拿出古文書不可，我必須立刻採取行動才行。

「謝謝你！」

回過神後，我朝哲也道謝，快步跑了出去。

看著氣派的霧山家，裡頭果然有人。小雅的雙親，也就是村長和村長太太，大多時候都在家裡工作。想要闖入這個家，況且還是村長的家，可想而知有多麼困難，但我的目標是後方的倉庫，我趁著大家不注意時，一步一步悄聲靠近倉庫。

（要逮住我就趁現在吧～）

我在心中嘀咕著。現在被逮到的話還可以用拜訪的藉口開脫，如果走到後方，手上拿著我本不該有的鑰匙潛入倉庫，可不是聽長輩提醒或說教這麼簡單就可以解決的事。

不過，我一路順利地來到了倉庫。

我用哲也給我的鑰匙打開倉庫門上的掛鎖，潛入倉庫。

一進倉庫，撲鼻而來的就是滯留於倉庫裡的熱氣，以及滿是塵埃的空氣。

乍看之下像是廢棄物的東西比比皆是，要想從中找出一本書籍，我整個人頭都暈了，但相反的，這個地方看起來的確很適合存放古文書。

四面都有窗戶，屋內的光源有日光照射便已足夠。

（準備好了。）

我加快動作，保持著對周遭的警戒心，開始尋找古文書。

倉庫裡保管著無法想像從何處獲得的古董、畫作及雕刻等藝術品，還有類似巫女的衣服，它們都受到妥善的管理和對待。因為每個架子甚至每個角落都經過精心打掃，這些物品並非荒廢的閒置品，而是每一項都有其價值。

應該是村長的嗜好吧。嗜好是收集古董和藝術品，這我尚能理解，巫女的服裝是怎麼一回事？是小雅的私人物品嗎？我看還是不要深究比較好。

即使腦子裡一邊想著這些事，我依然不停地確認手邊的物品。倉庫裡收納的物品數量過於龐大，一直找不到我想要的東西，不過一處一處仔細調查下，調查範圍也逐漸縮小中。在這樣的工作中大概花了兩個小時後，終於發現一個特別引人注目的物品。

一個小心翼翼放置於木箱中的物品。

書籍的封面上簡單地寫著《霧山古文書》。

「這就是《霧山古文書》啊……」

我拿起古文書仔細查看。用繩子捆起來的古文書，看起來像是手工製作的，而且紙的材質也感覺非常古老。從外觀上來看，可以推測這本古文書已經保存了相當長的時間。

可是——

「……！？」

突然傳來一陣腳步聲。

而且我確定這腳步聲是朝我而來。

（慘了、慘了！）

倉庫的門瞬間被打開。

「放到哪裡去了呢——」

是村長的聲音。他在倉庫裡來來回回，好像在找什麼東西。

我躲在角落，屏住氣息觀察村長的行動。心中暗自不停地祈禱著，千萬別走過來。

突然間，我看見某個物品。雖然和古文書一樣放在木箱中，但卻沒有像古文書一般受到妥善管理。

一條線從途中分成兩條，前端連接著圓形的器具，其實就是耳機。看起來很舊了，與其說是長期使用，反而看起來比較像是隨著時間風化而變舊的。明明這是我作曲時必備的物品，但這次因為出發得太急沒帶到耳機，所以才會特別注意這個東西。

在我思考之間，村長似乎找到他要的東西了，我也放下心來。

看著村長走出倉庫，隔了一段時間後，我帶著古文書和耳機也離開了倉庫。一走出倉庫，我立刻向哲也報告順利拿到古文書的事，接著我告訴他，想要找個安靜的地方慢慢讀。他聽了之後揚起嘴角對我說：

「我也要看。」

「果然沒錯，那麼乾脆地拿鑰匙給我，就是因為你自己也想看。」

「那當然。因為我也沒有看過，一直很在意裡面到底寫了什麼啊。」

雖然讓哲也如願以償一點也不好玩，但是哲也冒著拿出鑰匙的風險，理應有權利閱讀這本古文書。我思考一會後，同意他的要求。

我和哲也避開大家的視線回到房間，兩個人準備打開古文書。究竟這裡面有沒有記錄我所需要的資訊呢……

古文書並非隨處可見的筆記本，而是手工製作的線裝書冊。外觀上看起來相當老舊，我看不出來這本文獻究竟是哪個年代的物品。封面上所寫的《霧山古文書》字樣，其斑駁程度加上妙筆生花，在在加深了古老的印象。

「我打開嘍。」

「開吧。」

我翻開封面，定睛看著第一頁。

「……」

「……」

看起來似乎是某個祭典的相關紀錄。

「這寫的是『祈豐祭』的事啊……」

「『祈豐祭』？」

「霧山村每年八月底都會舉行的祭典。」

哲也繼續往下翻，為我整理出重點。

「簡單來說，『祈豐祭』是之前村裡為了祈求作物豐收的祭典，由巫女負責祈禱。現在我們仍保有這個『祈豐祭』的形式。」

「咦，村裡有巫女嗎？」

「你不知道？小雅負責擔任巫女啊。」

家族世代流傳的，哲也補充說明道。沒想到小雅居然是巫女……我比較能想像結當巫女的樣子。

「可是這裡寫著，距今約一百年前，『祈豐祭』舉行過程中發生了意外。」

「一百年前……」

這和村裡老人們回答我的故事與時期相符。那是什麼原因造成意外呢……

我等著哲也解釋，但不知為何他卻沒有繼續說下去。

「怎麼了？」

「這……。我從小在霧山村生活，卻對此一無所知。甚至也沒有思考過那座山為什麼會有一大塊斑駁處。」

哲也的表情有些僵硬。看著他的表情，我想起結所說的那句「少知為妙」。對哲也來說，他現在所看見的內容就是那樣的事吧。

「抱歉，我先出去。我不想繼續看下去了。」

沉默的氣氛下，哲也離開了房間。這本書的內容會使人如此不舒服嗎？哲也的反應有點狼狽，但我今天必須提供資訊給結才行。帶著這股幹勁，我確認接下來的內容。

「一九一七年，霧山村遭受天災襲擊，失去了一半的村莊……」

上面記錄著當時的慘重災情。

八月底，霧山村按照慣例舉行「祈豐祭」，整個村子相當熱鬧。那天卻不湊巧下著豪雨。雖然意見分歧，有的說下雨天山中太危險，有的說祈求豐饒更重要，最後依然強行舉辦了祭典。

所有能做的措施皆已準備妥當，只剩村民在旁守望巫女祈禱的儀式而已。半數的村民往山上移動，和巫女一同祈求未來的豐饒。明明可以平安落幕的，然而卻……

意外發生、災難來臨。

「這……」

死者、失蹤者總數達五九四位。

當時似乎是因豪雨引發了山壁坍方。

「吞沒半數以上村民的慘痛意外……」

古文書裡的描述，令人不忍卒睹。

後半段描寫著災難當時的樣子、日後復興的過程。最後則是長達好幾頁的名單，記錄著所有因那場意外而喪生及失蹤的人名。

「自那場意外後，神社便遷移至山中更安全的地方，並在新址舉行『祈豐祭』。然而近年來村子將那座山本體視為神社，巫女則在村莊裡進行祈禱並施放煙火，象徵著將祈禱之意傳至山邊及海邊。」

至此，關於意外的紀錄全數結束。

由此可見，因為這場意外，村子裡竭盡所能地阻止人們繼續進入山區。因為知道這場悲劇，尤其是老人們，才會口徑一致不對外透露半點消息。況且，明明發生過如此嚴重的災難，外地的人不為所知。後面也寫著不得對外公布的原因。

「意外發生之後，山的一部分因坍方而剝落，經常發生村民失蹤事件。從那時起，偶爾也會發生身旁突然出現不明人士的現象。我們便稱呼此種現象為『神隱』。」

古文書的最後，記載了有關神隱的情況。遭遇神隱事件的人時而出現，村民稱其為「旅人」並加以款待。

但是裡面完全沒有提及時空穿越的事。這表示這裡村民也不清楚我和結為什麼會遇上神隱事件吧。

神隱事件相關紀事的最後，記錄了曾經遭遇神隱的人的詳細情況，最新的紙張上，以清晰的字跡寫著「一名喚作結的少女，失去記憶，也不知道自己的姓氏」。

「紀錄一直在更新啊……」

他們將結視為「旅人」，所以村長才會在古文書裡加上這麼一筆。

看過整本古文書後，我思考著。這能成為幫助結的有力資訊嗎？自問自答下，當然沒有人回答我，當對此產生疑問之時，我也無法提供這樣的資料給結。

一〇四年前發生的災難導致失去了半個村莊，之後「古川神社」不堪使用，進而發生多起神隱事件，因此那場災難背後一定有某種原因。我能對結說的就是這些了。

我想起今天和我相約在昨日見面地點的少女。她聽見這番話，會作何感想呢？

「……不對，等一下。」

我想起昨天的結。吹著晚風的美麗少女姿態、她所說的話，所有一切歷歷在目，其中也包括她昨天說過的奇妙詞彙——

——所以，我一定要保護這個村的村民。

她明明是受保護的一方卻說出這種話。而且是將村民視為家人的一句話。

如果，結是這場災難的知情人士呢？

如果，她早就知道待在「古川神社」裡可以時空穿越呢？

如果，她早就斷定自己可以回到過去呢？

不會吧！我心想。

但與此同時，我的記憶中也逐漸浮現出可以佐證上述內容的情景。即是我與結初次相遇的那一天，也就是我造訪霧山村的那天。

她和我相遇的那天，聲稱自己喪失記憶。只記得自己叫做「結」，以及一種堪稱使命的衝動，讓她覺得有些非做不可的事。但是，如果那個「非做不可的事」與我想像的一樣的話……

那麼，結全力籌備「不讓人接近山裡的試膽大會」的事，以及執著於調查「古川神社」的事，全都說得通了。包括她前幾天在山中遇到大雨的過度反應而找回記憶的事也是。

認知到一〇四年前那場災難的重要性，今晚我和結見面之前，必須再讀一次古文書，把所有的內容全記進腦中才行。因為今晚或許我並不是去提供資訊給她，而是確認她的真實目的。抱著這種心情，我仔細閱讀古文書上的每一個文字。

然後。

我。

發現了——

令我確信的決定性文字。

如果只是草草閱過，一定不會發現的細節。

不過倘若仔細閱讀，便會發現它清楚地寫在上頭。
就只有三個字。
卻讓我面臨了所有真相。
五九四名因災難而犧牲的村民，其中當然也包括擔任「古川神社」神職的「古川姓氏」。這也不難想像，因為那是在祭典正中央的人物，來不及逃生也是無可奈何的事。
即便如此。
問題並不只是「這裡」。
在一長串村民的姓名之中，我只看見一個特別突出的姓名。
我的眼中全是那個姓名。
上面寫的是——
古川——結。

「……」

我說不出話來。

甚至不記得要呼吸，我的眼睛已經離不開那個名字了。

晚上，結對我說：

「我是從一百年前穿越過來的。」

以及。

「我來這裡是想尋找阻止災難、拯救大家的方法。」

她說。

第四章

豐穰的巫女

那句話相當有分量。

像是一個沉甸甸的異物一樣，深深地存在於我的內心，佔據了我的身體。

夜晚的霧山村，充滿了樹木和土壤的氣息，輕柔的蟲鳴聲，涼爽的夜風撫慰著人心。抬頭仰望，夏季大三角清晰可見，這裡和都市不同，光害極少，因此可以欣賞到滿天星空。

然而，結對我說的事卻讓這片美景黯然失色。我的五感功能明顯下降，好像只剩下聽覺功能，只為了聽清她說的話。

「我是從一百年前穿越過來的。」

「……」

「我來這裡是想尋找阻止災難、拯救大家的方法。」

因為我已經事先知道整起事件了，所以我完全理解結話中的意思。

結依約來到昨天我指定的地點和我見面，臉上滿布愁雲。同樣的，自從我讀了《霧山古文書》後，思考著怎麼對結說明這些事，想著想到出神，回過神時已是夜晚。

結果，我們一見面，她就對我說出那句話。

「妳的名字是……」

「嗯，我叫古川結。」

「這樣啊……」

這下子不得不接受現實了。因為的確和《霧山古文書》犧牲者名錄中所記載的名字相同。

「你已經看過《霧山古文書》了吧？」

「剛剛才看完。」

「那我的事、這個村莊的事，你都知道了啊。」

結意味深長地說道，她甩動一頭黑長髮，轉過來看著我。

「《霧山古文書》裡有我的名字對吧？」

「……」

「而且是在坍方意外的受害者名單中。」

沒錯。就是這點我不明白。我不理解為什麼登記在意外犧牲者名單上的結，現在會站在我的眼前。結似乎看穿我的心思，開口向我解釋。

「我呢，是個巫女。出生於古川神社及負責祭典的家族，身為獨生女的我自然而然地被培養成在『祈豐祭』上向神祈禱的巫女。」

結說話時，眼睛看著遠方。

「所以我一出生就備受大家需要，養育我的人不僅是家人，還包括整個村莊的人，大家待我像親人一樣，我當時真的很高興。」

結邊說邊回想起當時的情形，說話口氣充滿了懷念。並且結說的一番話讓我想起她那迅速和村民打成一片，自然地交談的樣子。

「所以啊，儘管下著大雨，我也要為了大家繼續在『祈豐祭』向神祈禱。透過我的祈福，大家便能在接下來的一年裡安心度日，這是我唯一能做的報恩方式了。」

「不過，」結稍作停頓，苦澀地接著說：

「雨下得比我想像中的還大，村民們也花了一番力氣才能到達山中的神社。即便如此，我還是保持著祭祀的儀態，開始了『祈豐祭』。結果……」

發生了坍方。結的話音小得幾乎聽不見。

聽到這裡，我完全可以想像，結把坍方導致居民死亡的過錯全攬到了自己身上。話雖如此，我卻不能隨意地附和她，無論是安慰，或是敷衍地去肯定她的作為。

「我獨自一人在神社裡祈禱，不知道外面發生什麼事。平時大家總是守望著我祈禱，但那時我總覺得有些怪怪的。我實在太在意，所以中斷祈禱儀式往後一看，緊閉的門窗外，沒有其他人在。然後啊……」

「然後，」她又說了一次然後，第一次提及與現代有關的內容。

「我打開門走出來一看，什麼也沒有。不論是守望我祈禱儀式的村民、山林樹木，還有綿延在山麓上的村莊都不見了。」

結說話時下意識地握緊自己的雙手不停發抖著。臉上表情混雜著悲傷和失落，彷彿眼角隨時都會溢出淚水，散發出一種脆弱的感覺。

「結……」

「我希望你聽我說到最後。」

即使心情難受，結依然繼續說著。

「我回過村莊一次，村民們看見我大吃一驚的表情，到現在我仍記憶猶新呢。後來我問他們發生了什麼事，遇到土石坍方、半數的村民因意外喪生、我父母也沒有倖免。而我回到村莊的時間點，那場意外已經是數十年前的事了。」

結一口氣說完後，嘆了好長一口氣。接著為了轉換自己的心情，她收起方才苦澀的表情，努力發出明朗的聲音。

「我呀，當下沒辦法接受現實，莫名原因驅使下，我又回到神社去。外觀雖然毀損，但我還是走了進去。在神社裡稍作停留後，又再一次走出神社，這才確定時間果然流動得比我所認知的快了許多。」

我心生疑惑，經過數十年這一點，儘管真是那座氣氛詭譎的神社造成的，也未免太匪夷所思。

「數十年是怎麼回事？」

「我想大概經過了約五十年時間。」

「五十年……」

「嗯，應該是『祈豐祭』的祈禱儀式很長的緣故。」

「儀式很長？」

我複誦她說的話，祈禱需要花這麼長的時間嗎？

「據說『祈豐祭』的巫女們在進行祈禱儀式前，需要先在神社中停留一段時間，以此接近神明。因此在進行祈禱的前三天，我會獨自進入神社，並持續三天三夜，不吃不喝，一直持續祈禱。」

「但現代的人應該沒有做到這個地步。」結補充說道。

這工作比我想像中的更加嚴苛、艱難，即便如此，結依然笑著對我說「只要能幫上大家的忙就好」。

「所以我想，當我一走進神社時，時間可能就開始發生變化了。」

「原來是這樣啊。」

「嗯。」

我無言以對。這件事情實在太宏觀、太超出我的想像了。雖然我也曾受過那座神社的影響，但和結所經歷的相比，實在無法相提並論。

離開神社時，所有認識的人皆已年老，當年照顧過自己的人可能已不在人世，直接面對這個遭逢巨變的世界，她作何感想呢？

我偷偷觀察結的表情，她笑得很自然。我已經無法想像她的微笑中究竟藏著多少疲憊。

「可是呀，」結說道。聲音聽起來比剛才高亢，就像在絕望中發現了光明。

「就這樣，我無家可歸也是其中一個原因，我多次進入神社抵達未來，過程中我開始思考一些事情。」

一下子獲得過多資訊，我如鯁在喉難以言語，改以歪頭表現疑惑。

「既然可以穿越到未來，那是否也可以回到過去呢？」

接下來結所說的話；也正是因為這句話，她會覺得有一線生機也不足為奇。

「如果可以回到過去，或許就能從意外中救回大家了！」

結的眼神中閃著光芒。她的雙眸之中漾著比夏季夜空更強、更亮的光。我突然想到，人們就是把這道光喚作希望吧。實際上，這件事對結來說，的確也是一道希望。

「我開始尋找回到過去的方式，我一定會找到的！」

可是結明明朝光明處伸出手了，卻開始含糊其詞。

「一定？」

「嗯。我好像有一次成功回到了過去，但卻沒有回到過去的確切記憶。我在神社裡做了許多事，反覆測試失敗之下，結果睡著了。」

結說這句話時，她的視線與我的交會。

「那時，是你叫我起來的。」

我想起和結相遇的那天。她睡眼惺忪地看著我，叫出我的名字。

「咦？那妳也想起了當時為何會叫我的名字嗎？」

「沒有，我還是不知道為什麼，話說我真的叫了你的名字嗎？」

這話太過分了。

「真的叫了！在神社裡睡覺的女生突然叫出我的名字，當時的情形我忘也忘不了。」

「哎呀，我真的不記得了，對不起呀。」

即使如此，看到結毫不在意的態度，讓我不禁想嘆口氣。但現在不是談論這種輕鬆話題的時候。想到這裡，我重新集中注意力，轉向對結說話。想到這裡，我重新集中注意力，轉向面對結說話。

「所以，彌一，」

結也轉向面對我。而且露出比我更認真的表情。

「我鄭重地拜託你，」

「……」

「請你幫我這個忙，能不能幫我一起解救大家？」

結又一次拜託我。之前我曾因未知恐懼拒絕過她的同樣請求。

可是現在我已經清楚一切了。包括那座神社、過去發生的事，以及結這個纖纖少女身上所背負的重擔，這一切我都明白了。

說真的我依然害怕。

即使如此，如果我讓結一個人承擔這種壓力，她可能會被擊垮。我覺得這種恐懼比之前她經歷過的來得更加巨大。

所以我希望至少自己能多少分擔一些她的壓力。

「你和這個村莊幾乎沒有關聯性，我也知道自己不應該拜託你這種事……」

「別這麼說，」

我按下我害怕的情緒。

想當然，結一定比我更害怕。

而且更重要的是，除了她向我求助以外，我自己也一直想要為她出一份心力。自從那天發現她，便再也無法袖手旁觀了。

因此。

「為了解救村民，我也希望可以出點力。」

包括為妳出一份心力。

我在心裡暗自補述。

「彌一……」

結雙手摀住嘴巴，美麗的眼睛微微顫動著，淚水凝聚在她的眼角，在在表現出她的感動。原以為她會流下淚水，但卻出乎我意料地綻放出耀眼笑容。

「彌一！」

她再次叫喚我姓名，同時間抱住了我。

結雖然比我矮一個頭，身材纖細，但從她環住我的臂膀傳來的力道、她開心笑容所透露的堅強意志，在在表現出她的堅強與成熟，和她的外表截然不同。

我手臂一收，回應她的擁抱。

「我也會努力的。」

為了分攤她的重擔，這句話正是我邁出的第一步。

沒錯，當時的我的心態如此自大，以為自己可以和她一起扛起這個重擔，卻完全沒有意識到這種想法是錯誤的。

回到房間，為了明天和結一起去調查神社，我又重看了一次《霧山古文書》。

我在腦中連結《霧山古文書》上記載的事項及結所轉述的內容。

「坍方犧牲者名單上有結的名字，表示大家不知道她已經遇到神隱事件了吧。」

若是如此，會列入犧牲者名單也是無可奈何。我邊想邊掃過一輪犧牲者的名字，突然覺得有些奇怪。

「怎麼會有空白？」

原本寫滿整張紙的名冊，在最後一頁卻出現不容忽視的空白處。看起來像是寫下文字後發現一張紙用不完，沒有可寫的內容只好留白的感覺。

「我之前看的時候，這上面確實寫滿名字，完全沒有空隙啊。」

如果我的記憶沒錯的話，確實如此。

為了找出奇怪之處，我再次確認犧牲者名冊，上面依然寫著結與她親人的名字，但卻出現一個明顯可疑的地方。

「死者、行蹤不明者，共計五三八名。」

就是這裡！

上次看的時候，印象中寫的是五九四名，至少也是約六百名左右的死者，但現在卻大幅減少了？

是我的錯覺，還是有其他影響因素呢？

例如……對了，舉例來說。

我和結的行為，改變了過去發生之事的結果。如同結盼望的一般，有方法能解救過去的人們。

假如，這個結果能夠即時改變《霧山古文書》內容的話。

假如，有個知道過去，又有意願想要改變這件事的人出現，便能一步步影響過去的話。

那這本《霧山古文書》就可以成為我和結未來行動的指標了！

以上的推測，讓我的心中充滿期待。

先告訴結這件事吧。即便這種推測有誤，還是應該向她提及紀錄的內容出現了變化。

想到這裡，我仔細地閱讀《霧山古文書》，盡可能地記住所有內容。

翌日起，我和結開始調查「古川神社」。

我仔細地確認腳下的路，一面小心行走，通往目前存在的「霧山神社」與「古川神社」的山路，途中便出現了岔路。起初會誤走至「古川神社」，單純是人生地不熟加上夜晚視線不佳，而且通往「古川神社」的路隱沒於草木之間，十分難以辨識，也難怪村民沒有發現。

哲也和小雅雖然在意我們的行蹤，卻沒有刻意過問，目前僅在一旁默默陪伴我們。

「古川神社」因遭土石坍方重創，外觀已經半毀，果然給人腐朽神社的印象。但是我的皮膚仍能感受到空氣中瀰漫的詭譎氣氛，既陰森又令人毛骨悚然，我不禁嚥了嚥口水。

「我這幾天的調查行動幾乎沒有收穫，但有發現一件在意的事。」

結說完，走向「古川神社」的後方，我跟上她的腳步，看見神社後方成堆的瓦礫深處，隱約像是門的東西。

「這是什麼？」

「我只是猜測，走進這扇門或許就可以回到過去。」

「回到過去……」

從後方進入就可以回到過去的想法雖然過於簡單，但看起來也沒有其他如結所說可以回到過去的線索與方法，重要的是，後方那扇門散發的氛圍的確讓我感到不太舒服，更為結所說的話添了幾分真實感。

「看來沒錯。」

我同意結的話。可是即便我們想要調查這扇門，成堆的瓦礫是一大阻礙。如果不移開這些瓦礫，我們一樣進不去。

「這些該怎麼辦？」

「不處理的話我們也進不去吧。」

「我就是想要好好處理這些障礙，所以才央請你幫忙的。」

結眼中充滿懇求，可是光憑我一己之力也搬不開這些瓦礫，還是無法解決眼前的困境。

「我一個人做不到，先想想其他能做的事吧。」

「什麼嘛——」

結緊抿嘴唇，故意裝出一副誇張的表情，害我忍不住想笑。

「不過，現在有其他可做的事嗎？」
「我覺得，必須先確認神社內和外時間流動有何不同。」
「要怎麼確認？」
「我有個想法。」
雖說想法，其實只是個相當單純的念頭而已。
驗證時間的流速需要耗費一定時間，所以明天才能調查。我們決定明天一早就到神社進行驗證。
於是我們先下山為明日的驗證做事前準備。
「婆婆——」
我來到已經熟悉的「便利商店」呼喚店長婆婆，婆婆一如既往地、動作緩慢地從裡面走出來。我們詢問婆婆是否有售驗證時的必備用品。
「有賣計時器嗎？」

想要知道時間流速差異，這是最簡單的方法。兩人分別在神社的內和外同時按下計時器，便能知道內外時間相差多少。

儘管這方法非常簡單，但正是因為不知道什麼方法是正確又有效率的，才會想到這種單純的作法。

「有啊。」

店長婆婆立刻拿出好幾個計時器擺在我面前。計時器似乎也分不同種類，而且在這個邊陲村莊的奇怪商店裡都有販售，讓我更覺得「便利商店」實在太不可思議。不過，由於商店必須兼顧便利性，所以我並不覺得驚訝。

「這裡真的什麼都有賣，什麼都不奇怪耶。」

「呵呵呵，這家店是我們代代相傳的驕傲呢。」

「妳是不是想說『塵封已久』？」

背後傳來一個略微沙啞卻鏗鏘有力的男性聲音。

「老頭子，你又來幹嘛？這裡不需要你。」

「是妳這個老婆婆覺得很寂寞好嗎？」

接下來就是婆婆跟爺爺的鬥嘴過程。

兩人一來一往，互相說著對方的壞話，雖說如此，看起來仍十分生氣勃勃。

明明年紀比我們大那麼多，卻是一副天真無邪的模樣。

真的應了那句老話：「越吵感情越好。」

這一定是霧山村村民之間的零距離相處模式吧。

不過，他們吵到把我這個客人晾在一旁，我只好放下購買必需品的錢然後離開便利商店。

「彌一，你買到想買的東西了嗎？」

「嗯，明天開始的調查行動，已經準備齊全了。」

話說得這麼滿，其實我只不過買了兩個計時器而已。

「那，接下來怎麼辦呢？今天已經來不及調查了，要回去嗎？」

「關於這點的話，結，」

我嚴肅地面向結，發現我的正經模樣，結也端正坐姿，仔細聆聽我接下來要說的事。

「我有一件事想先告訴妳。」

我想告訴她，有關昨天找到的《霧山古文書》，內容發生了些許變化。我一定沒有看錯，我認為必須讓她知道，過去已發生的事，其實是有機會改變其結果的。

離開「便利商店」後，我們變更目的地。我想找個可以兩個人好好談話的地方，結卻說「想要帶你去一個地方」並主動帶路。況且，明明太陽已經開始下山，結卻毫不遲疑地再度往山區走去。

「我們要去哪裡？」

「對我來說很重要的地方。」

結說完便堅定地往前走，看起來應該沒有迷路的危機。如果又失蹤好幾天的話，未免對村民太過意不去了。

沿著道路繼續走，目的地就在眼前。雖然這座山之前我們已經來過好幾次，但這條路應該是之前從未涉足過的路線。

抵達目的地，那是山的一隅有如高台的地方，可以一覽村莊和山區深處可見的海洋。

夕陽緩緩地沉入地平線，彷彿燃燒著我們所在的村莊和整座山巒等所有萬物，非常奇幻。

「好美的景色啊……」

「嘿嘿，美極了吧！」

看著結自豪地介紹，我有點想笑。但是，她願意帶我來到她的鍾愛之地，我真的很高興。

「不過，這裡好像……」

奇怪，這個能將美景盡收眼底的地方，我總有種熟悉的感覺。隱約感覺自己曾來過這裡然後發生某些事……

儘管記憶十分模糊，但不適感一直留在我心中，讓我堅信自己的想法。

「你怎麼了？」

「啊，沒什麼。」

現在想這些也無濟於事，我暫停思緒。我是有事要跟結說才來到這裡的。

「雖然離村莊有段距離，但我覺得這裡適合我們好好地談話，你覺得呢？」

「嗯，無從挑剔的地點，風景也很優美。」

我率直地說出感想，結有些彆扭地「嘿嘿」兩聲，害羞地笑了。

「好了，你要跟我說什麼？」

「嗯，關於這個嘛……」

我猶豫著如何起頭，開門見山地跟她說「《霧山古文書》記載的內容發生變化了」，不知道她會不會相信。

我決定謹慎地、有條理地向她說明。

「妳看過《霧山古文書》的內容嗎？」

「如果是不同時空的話，我看過喔。」

原來如此，曾去過不同時空的結，也有機會看過古文書的內容。

儘管時空不同，上面記載的內容應該也是相同的，這點沒有問題，我心想。

「那妳記得上面記錄的坍方犧牲人數有多少人嗎？」

「雖然我不清楚你為什麼要問這個，但我當然記得，我就是為了消除那個數字才穿越到未來的。」

不是為了減少，而是消除。結斬釘截鐵地說道。

不願意有任何犧牲者。

「人數是『七四八人』。這就是我必須協助的人數。」

「這樣啊……」

這個數字遠勝過我所預想的，不過驚訝之餘也讓我有所理解。

如昨晚我思考的那般，假設我們能夠改變意外的結局，其結果會即時反映於《霧山古文書》的記載內容上的話。

到目前為止，結做了許多行動，當然也會更動結果。說不定一〇四年前的當下，本該有更多的犧牲者，但隨著結採取的行動而漸漸減少了。

「怎麼了嗎？」

「我覺得妳真的很厲害。」

如果我的推測正確的話，雖然我沒有確切證據。

結正在做的就是拯救人命的事。雖然就方法來說感覺有些不可思議，但實際上數字真的發生了變化。無論是她的行為或是意志都值得我尊重。只不過，我也覺得她背負著一般少女本不該背負的重責大任。

即便如此，我仍鼓舞著自己，我就是為了支援她而存在的。只有我能幫得上她的忙，我告訴自己。

「關於這點，我有話對妳說。」

「哪一點？」

「關於《霧山古文書》上記錄的犧牲者人數。」

說完，我從隨身小背包裡拿出《霧山古文書》。

「妳看看這個。」

我翻開用便利貼標示記有坍方意外犧牲者人數的書頁，將古文書遞給結。

「……咦？」

她明白我的意思，輕呼了一聲。

「五二〇人……」

聽見結所說的人數，我也湊近看了看《霧山古文書》。

如結所說，上面寫著五二〇人，比我昨天看的人數更少了。這或許就是證明我們今天所採取的行動是正確的。

「彌一，這究竟是怎麼回事？」

「我也沒有釐清整個狀況，但我想一定就像《霧山古文書》上寫的一樣，坍方意外的犧牲人數已經減少了。」

「也就是說……」

「這就證明妳的行動真的改變過去了。」

「……」

結聽完我說的話，低下了頭。我不懂她為何有此反應，下一秒她又猛然抬起頭。

「這代表我能救出那些遇到意外的人嗎！？」

「一定可以的！」

我表示肯定，並且和看著自己的結目光交會。接著——

「太好了！」

她的雙手摀著臉，聲音顫抖地說出安心的話語。

隱約透出的嗚咽聲，在在顯示了她之前一路走來有多麼地不安。

盯著異性哭泣的樣子瞧實在不太好，總覺得有點罪惡，即便如此，我仍覺得現在必須陪在結的身邊；於是我略帶遲疑地伸手摸了摸她的後腦勺。

我明白現在應該說點什麼，但我又不希望說出俗不可耐的話。

我的人生經驗不足以讓我判斷現在該怎麼做才是正確的，正因如此，我只是輕輕地撫著她的頭；之前也有人這麼對我做過，讓我感到平靜。

就這樣不知道經過了多久。

染紅世界的晚霞已經消退，夜幕低垂，周圍沒有燈光，只能仰賴月光照明。

「彌一，對不起啊。」

過了好一陣子，結轉過來看著我。眼角還是紅紅的，臉上表情卻相當平靜。

「為什麼跟我道歉？」

「讓你看到我如此糟糕的模樣，我早就決定絕不表現出脆弱，可是一旦放鬆下來，就克制不住情緒了。」

「偶爾發洩一下也不錯啊。」

「真的嗎？」

「是啊，在我面前脆弱一點沒關係的。」

我想對結說的是：「妳已經一個人努力到現在了」、「今後有我在」。可我沒有膽量直接對她這麼說，只好用這種曖昧不明的說法。

「嘻嘻，那我就只在你面前示弱了！」

雖說在我面前示弱，她卻努力地對我展露笑顏。

這個笑容就是我想一直陪在結身邊的原因之一，怎麼看也看不膩。

「明天我們就要展開正式的調查行動了，古文書上的犧牲者人數應該也會繼續減少吧。」

「那我們得使出全力才行了！」

我們互碰拳頭為彼此打氣。

我覺得這樣的感覺很棒，很有青春的氣息。

「總而言之，我們接下來的目標就是繼續減少《霧山古文書》上的犧牲者人數。」

「沒錯，我們也可以藉由人數變化來確認我們做的事正確與否。」

嗯嗯，我點頭稱是。然後結接著喃喃道：「如果犧牲者人數歸零的話，我就可以驕傲地回去了。」

「天色變暗了，我們得快點回家。」

「……」

「彌一？」

我回過神來，發現自己牽著結的手。即便現在發現了，我也沒有放開；儘管覺得對結不好意思，我仍緊牽著她的手。

回去。

這句話我始終無法釋懷。

「彌一真是的，突然這麼積極呀。」

雖然她笑著蒙混過去，我卻笑不出來。我腦中思緒全都是她回去之後會如何？再也見不到面了嗎？

我不希望變成這樣。

「準備好之後，妳就會回到原本的時空嗎？」

「當然啊，我一開始就和你說過了。」

聽到她的肯定回答令我更難受。

我知道這是遲早的事，但我卻選擇視而不見；可是我再也無法繼續逃避，翻騰的不安感朝我直撲而來，所以我才提問。

結的回答十分堅定，無法動搖。無論是洗澡或吃飯的時候，這些事都支配著我的大腦。

結論出來了。

我能和結相處的時間是有限的。

隔天，我吃完早餐後立刻出門。

我們約的時間比較早，所以我帶了午餐。因為不知道今天的調查需要花多少時間，所以我準備得比較齊全。

「彌一早安。」

「早啊！」

本來我還擔心她昨晚會不會睡不好，導致缺乏專注力，但一見到結我就知道自己多慮了。她彷彿擁有源源不絕的活力，真是不可思議。

「那我們出發吧！」

我們互相點頭示意後出發前往山區。

從樹木間灑下的朝陽，越來越活躍的蟬鳴聲，為夏天帶來朝氣蓬勃的氣息。我開始覺得只要習慣了，這樣的環境其實也很好，或許我已經完全融入這個村莊了吧。

沿著道路往前走，眼前便出現已經來過數次的「古川神社」。

乍看就像一堆瓦礫，但仍然散發出奇異的氛圍，雖說已經熟悉這個地方，但這種氛圍仍然讓人不習慣，恐懼令我背脊發涼，我感到冷汗滑過我的背部。

不過這種程度的恐懼已經難不倒我，像要強調自己的勇敢般，我搶在結之前，率先走到神社。

「今天的調查主要是想知道，神社內和外的時間到底差異有多大。」

「嗯。」

結嚴肅地聽著我解釋。

「作法很簡單，我們各自同時在神社內、外使用這個計時器，來確認時間流速的差別。有什麼想問的嗎？」

「那個，我沒用過計時器，要怎麼操作呢？」

遇到盲點了。結剛到這個時空不久，不太會使用現代的機器。

我教她兩個非常簡單的操作方式，開始和停止，結聽了後發出驚呼聲。雖然我認為一百年前應該也有計時器，但生長在霧山村這種邊境地帶，沒使用過也是無可厚非。

「只要同時在神社內側和外側按下啟動就好，可以嗎？」

「嗯，完全沒問題！」

結元氣飽滿地說著，露出天真的笑容。

「上次我們進入神社時，沒待多久外面就已經過了四天，判斷不了究竟有多少時間差，所以我想在神社裡的時間盡可能越短越好。」

「嗯嗯。」

雖然她看起來不像清楚理解我說的話，

總之我先繼續往下說：

「所以，我的計畫是進入神社的人先待五秒鐘就好，在神社外等待的人開始計時，直到裡面的人出來為止。」

「只要五秒鐘就好嗎？」

「嗯，一秒太短了，計時器不好操作，五秒的話大概抓得出來時間。」

「了解！雖然我聽不太懂。總之我就進入神社，然後用計時器計時五秒就好了吧！」

結一邊說著，將計時器準確地停在五秒，得意地向我展示。

「哇！好強！不對啦，妳要進去神社嗎？」

「當然。」

「妳感覺不到外面經過多長時間喔，我也沒辦法保證妳的安全……」

「不用擔心。之前我們一起進去一定超過五秒，況且我是這座神社的巫女呀。」

結的話充滿了力量。不知是身為巫女的職責所在，還是倖存下來的責任感使然。但她話中強勁的力量，卻讓我覺得有些寂寞。

「好，那神社裡面就拜託妳了。」

「嗯，交給我吧！」

結明明比我更加不安，她的笑容卻每每成為我的救贖。把困難的部分交給結，儘管相當窩囊，但我告訴自己，等待也是調查行動的一環。於是我轉向結對她說：

「那麼，妳進入神社後，門一關上就開始計時。」

「嗯，我知道。」

「我這邊也會同步計時的。」

「好。」
「五秒一到，就要馬上出來喔！」
「嗯。」
「有什麼狀況的話……」
「我可以的！你別這麼擔心。」
「喔，好、好的。」
「我知道你在外面等，難免會擔心，我一定會回來的。所以你做好我隨時會出現的準備，乖乖在這裡等我。」
她說完便撫著我的頭，和昨天的立場徹底交換了。
身高不夠的結努力伸長手的樣子十分可愛，消除了我的過度緊張。
「謝謝妳。」
「別客氣呀。」
沉默了一會兒後，我們再度視線交會。接下來——

「那我進去了，雖然只去五秒。」

「嗯，我在這裡等妳。」

說完，結打開門走進神社。

我們同時拿好計時器。

下一秒，門發出「喀」一聲地關起來時，我按下計時器。

這是最初的實驗，為了揭開「古川神社」的真面目。

今天一早我們就入山，中午前開始調查，果然，結一時半刻回不來。如我所預期的，神社內外的時間差異相當大。

時間來到中午，我吃著自己準備的飯糰，內心有小小的罪惡感。

「兩個人一起吃一定更好吃啊。」

我自言自語著。

自結進入神社已經過了四個小時。

太陽開始西下。

今天這樣待在神社前面一動也不動，經過半日光陰，我的身體可說是傷痕累累。

我按時補充著防蚊液，儘管噴了全身，蚊蟲還是可以穿過防護來咬我，話說回來一直待在同一個地方，比想像中更消耗精神。尤其是進行沒有安全保障的調查時，更是磨人。

當太陽差不多下山，天空染成橘紅色時，突然有了動靜。

遠處傳來象徵不吉利的烏鴉叫聲，我凝視七個小時以上的「古川神社」的門喀地一聲打開了。結帶著和幾個小時前沒兩樣的表情，輕鬆推開立於瓦礫堆中的門走了出來。

「嗨，彌一。我回來了，雖然我只離開了五秒鐘。」

「呼……」

我不由自主地鬆了一口氣。

「不過，我才進去五秒，外面的太陽就已經下山，這座神社真的太神奇了。」

我側眼看著輕鬆發表著感想的結，終於放下心來。只是我沒有想過，這樣靜靜等著，對精神上來說竟是如此折磨。

「我說結啊，這個調查會讓我少活好幾年。」

「的確，只有我一個人前往未來，我這條命不知道會發生什麼事呢？」

「唉……」

結完全不懂我的辛苦之處，發表出這樣的感想，讓我不禁再度嘆氣。

「話說回來，神社裡面沒發生什麼事嗎？」

「嗯——，因為只經過了五秒，我感覺沒有什麼改變。」

「那倒也是。」

接下來就是重頭戲——計時器上顯示的時間。

「怎麼樣？外面的時間過了多久？」

結也在意著結果向我提問。

「順帶一提，我的計時器剛好停在五秒喔。」

結說完，和早上一樣驕傲地秀出她的計時器。時間按得如此精準，可以稱得上特技了。

再來就是我手中計時器的時間了。

「八小時三分又四十三秒。」

既然發生這麼大的時間差，表示些許差距都會造成莫大差異，三分鐘應是容錯範圍。這麼想來，可能神社裡的五秒，等同於神社外的八小時。

以此為依據，我撿起手邊的樹枝，一手拿著手機打開計算機，將時間差距寫在地上。

也就是說。

五秒＝八小時。

一分鐘＝四天。

一小時＝兩百四十天。

一天＝十五年又兩百八十一天。

以上就是實驗結果。

「時間流速差距很大耶。」

「真的耶。」

兩者的差距高達五七六〇倍。神社內的時間以超乎想像的速度流動著，透過這個調查，親眼見識真面目之後，這座神社真是恐怖得令人發顫。

而我們居然打算要利用這個時間差，我們也未免太看得起自己了，我不禁自嘲。

「可是，在神社裡面只待一天，外面竟然就經過近十六年光陰啊……」

到了那時，我身邊的人應該有的正在順應社會，努力工作著，又或是已經成家了吧。雖然十六年對現在的我們來說，感覺很遙遠，無法想像具體的畫面，可是只要在這裡面待一整天，周圍的一切就會變成那無法想像的未來。

這個神社裡發生的時空跳躍，便是徹底拋下「現在」這段時間。

「……」

我只不過是和家人有些爭執，在家裡待不下去，一心想要離家出走而來到霧山村，但我實在無法想像十六年不回家。

「怎麼了，彌一？你是不是害怕了？」

我的視線轉向身旁，看見結正打趣地對我說。

這個纖細的少女，穿越一百年來到現在，為了拯救過去，她暫時將過去拋下了。

「沒有，我只是覺得妳很厲害。」

在這種時間流動裡，面對結的境遇，我總是不斷反覆思考。

被迫拋下所有一切，即便如此依舊想力挽狂瀾。

她願意獨自一人行動的強大意志。

「你、你為什麼突然這麼說？」

「我真心這麼覺得。」

「雖然聽到誇獎很開心，但當我的面直接說，害我不好意思了。」

嘿嘿，結撓了撓臉，臉上浮現一抹紅暈。

我想為她付出更多力量。同時我也思考著如果真的可以藉由這座神社回到過去的話，到時候我該做些什麼事。我滿腦子都想著這些事。

我只是想要看見結的笑容而已。

總之，現在就先為我們的調查及驗證獲得成功感到高興吧。能夠得知神社內外的時間差距，對我們來說，無疑是莫大的成果。

當我暫時停下腦中翻騰的思緒，卻瞥見結十分坐立不安的樣了。

「彌一、彌一。」

「怎麼了？想上廁所嗎？」

「才不是！再說了這種事情不需要向你報告吧！」

她的吐槽十分犀利。

「那是怎麼了？」

「你今天有帶《霧山古文書》嗎？」

「嗯，帶了。」

「確認一下人數吧！」

原來如此。她一直掛心著這件事。

我們今天更清楚了「古川神社」的構造，無疑是一大進步。所以的確需要確認一下《霧山古文書》的內容。

「我看看喔，結果會怎麼樣呢？」

我們一起湊近看著已翻開的《霧山古文書》。雖然這地方只能仰賴月光照明，有點克難，但依然能靠肉眼看清。

內容有所改變，犧牲者人數減少至四六六人。

「你看這個！」

結的聲音難掩興奮。

「彌一！變少了！太棒了，雖然人數還是很多，但真的又變少了！」

「沒錯，真的變少了。」

果然，這本古文書所記載的內容變化，表現著我們做的事情是否正確。我們的準備越齊全，犧牲者的人數便會減少。等到萬事俱備，或許就能達成結的目的。

雖然這僅是我的猜測，但並非全然不可能。

「只要我們繼續努力，一定能讓犧牲者人數歸零的。」

「嗯、嗯……彌一，謝謝你！」

結止不住笑意，開心地和我擊了好幾次掌。

我也開心地回應著她。

只要一步一步往前進，就能看見終點。因此重要的是確實做好每件該做的事。

自那之後過了三天。

我和結約了哲也和小雅，告訴他們我們正在執行的計畫。有關《霧山古文書》內容會變動的事、結的真實身分及目的等事，我隻字未提，只告訴他們「古川神社」是一個可以穿越時空前往未來的地方。所以「古川神社」的存在，正是這個村莊流傳著的神隱事件背後的真相。

我和結接下來要做的事就是，找出回到過去的方法，也就是清除神社後方那堆瓦礫。由於這光靠我和結的力量實在解決不了，即便他們知道這些事情也沒什麼影響，所以我想尋求他們的協助。

「終於啊。」

「終於？」

「因為我和哲也，一直在等著你們兩個人主動開口啊。」

哲也和小雅一致說道。他們早就發現我和結正在策劃著某事，但在我們主動向他們開口之前，他們不打算過問及干涉。

「不過，沒想到神隱的真相竟然是時空穿越。」

哲也平淡地說著，而小雅似乎仍有些難以置信。

「話說回來，彌一和結失蹤的原因，就是因為在那座神社裡躲雨吧。」

「就是這麼回事。」

結代替我回答。相較於我，花了好久時間才能習慣那座神社的特性，不愧是哲也，接受事實的速度快得令我佩服。

「可是神社周邊的瓦礫太多，阻礙你們調查的進度，所以需要我們幫忙對吧？」

「真不愧是牙牙！這麼快就懂了。」

或許是同住一個屋簷下，兩個女孩的關係相當親密。之前小雅每次聽到牙牙這個暱稱都會不高興，現在則是大方接受了。相比之下，我和哲也在家裡依舊很少互動。

「那我們趕快去神社看看吧。」

哲也率先發話，我們四個人第一次一起前往「古川神社」。

哲也和小雅同時發出驚呼聲。

兩人都看到「古川神社」毀壞的樣子了。我之前曾經想過，該不會這座神社是只有我和結能看到的幻影吧，現在看來似乎不是這麼回事。我甚至有時會想，如果真的是幻影的話，對我們來說反而輕鬆多了。

「沒想到還有這個地方，我之前完全不知道。」

「沒錯，我也沒聽說過。身為村長女兒，自己對這個村莊瞭若指掌，我一直頗為自豪的。」

兩人說著類似的感想，接著開始談論神社的現狀。

「不過這神社的狀況未免太糟糕了。」

「沒錯，已經不堪使用了。」

小雅一邊說，一邊好奇地伸手去碰，還維持著大門模樣的門板。

「等一下。不可以打開！」

我反射性地制止小雅。

小雅似乎感受到我話裡的怒氣，立刻說了「抱歉」並縮回了手。或許我的口氣稍嫌強硬，自我反省之餘，也是因為我熟知這座神社的危險性，才更不能讓他們做出危險的舉動。

「那只要我們四個人把這堆瓦礫山清掉就行了吧。」

哲也察覺到氣氛不對勁，主動開口說道，我也趁機開始行動。

「沒錯，尤其是神社後方得麻煩你們特別加強處理。」

「交給我吧。」

聽見哲也可靠的回答後，我們開始動手清除瓦礫。我和哲也負責移動大塊石頭，結和小雅則是在一旁協助我們。

如同我們所預料的，一天之內無法清除完畢，最後我們總共花了三天的時間。

我和哲也一起努力搬開瓦礫，中途休息時可以吃到結和小雅親手做的飯糰及裝在保溫杯裡的味噌湯，感覺真的是賺到了。

「彌一，你還醒著嗎？」

沒錯，清除瓦礫作業結束的那個晚上，哲也第一次在家裡主動向我搭話。

基本上這個村莊的村民都早早就寢，靜謐的深夜時刻，哲也突然出現在我借用的客房裡。

「真難得你會來找我，怎麼了？」

「有些話想對你說。」

說完，哲也在我身旁坐下。

「首先，我要為邀請你來這個村莊，卻沒能好好帶你參觀這點道歉。」

哲也似乎很介意，兩人明明住在同一個屋簷下，卻沒什麼交集。

不過每位村民對我都很親切，而且還遇見了結，度過一個有趣的暑假，至少比我尷尬地留在家裡來得有意義。

「你也挺忙的，不用在意。」

「聽你這麼說，我就放心了。」

暑假前半段他忙著當村裡孩子們的大哥哥，準備試膽大會；後半段則以代理村長的身分籌備著「祈豐祭」，是個舉足輕重的人物。

「小雅會擔任巫女，我必須在旁協助她。」

「小雅擔任巫女……」

小雅只要不說話，便是一副溫柔婉約的樣子，穿著巫女專屬的和服為祭典祈禱，我想那姿態一定很美。而且以前世世代代承襲巫女的「古川家」已經從這個村莊消失，改以管理村莊的家庭來繼承巫女之職，我覺得相當合理。

然而，過去擔任巫女的古川家女子，竟然以「旅人」的身分躲在村長家裡，這或許也是冥冥之中的緣分吧。我如此想著。

「這就是我最近忙碌的原因。」

可是，我覺得這並非哲也來找我的真正原因。我主動詢問他正題。

「那你找我有什麼事？」

「啊，對。」

哲也回答後，停頓了一會兒。這個停頓不像是為了喘口氣，而是感覺他有些緊張，我覺得哲也應該有些難以啟齒。

「是關於結的事。」

「關於結？」

哲也在這個時機點特地找我說話，我本來就覺得應該是有關神社或結的事，不知道究竟是哪一件事。

該不會是想知道結的真實身分及目的吧。

「我就開門見山地說了。」

「……」

「我和你，『以前』都見過結。」

哲也突然說些不明就裡的話。

結是「旅人」，利用古川神社進行時空穿越，本來就和我們不是同一個時空的人。說我們「以前」見過她，未免太荒謬了。

「前陣子在歡迎你的餐會上看到她時，我也嚇一跳，懷疑自己看錯了。但是我沒看錯，在我記憶中，那獨特發音的名字和她的容貌，怎麼可能忘得掉。結小姐，她的樣子，和之前我們見到她時『絲毫沒有改變』。」

難道你忘了嗎？哲也疑惑地問我。

「你說以前，可是我只來過這裡一次而已……」

「就是那個時候啊。那時我們才剛上小學，你不是從山上的高台墜落，還受了傷嗎？」

過去唯一一次造訪霧山村時，我受了傷。我腦海中的確有這段記憶。

雖然我記不清當時究竟發生什麼事，導致我從山上的高台摔下來而受傷。

不過，在那場意外中我竟然只有受傷，沒有生命危險，堪稱奇蹟。最主要的是，當時我年紀尚小，若完全沒有抵抗，一定會直擊地面而死亡。

可是——

我得救了。

有位女性伸出了援手。

對當時的我來說，那位姊姊給我留下了非常溫柔和勇敢的印象，自然地，她成為我所憧憬的對象。雖然我不記得她的長相或身高，但她的歌聲和我的夢想息息相關，更重要的是她救了我一命，從此在我的記憶中，她便一直是我崇拜的對象。

這個夏天，我因為自己的夢想——「想要成為作曲家」而和父母爭吵，我想親手將留在我腦海中的片段旋律譜成曲，更重要的是，我想將我從音樂中得到救贖的心情，分享給其他人知道。

「那時候，救你的人就是結小姐。」

哲也如此說道。

一直把救命恩人當成憧憬對象的我也沒有察覺到的事情，哲也卻輕描淡寫地說了出來。

這個夏天，我憧憬的她，近在咫尺。

第五章

時間、記憶與決心

瓦礫清除作業結束後，「古川神社」境內變得開闊許多。

我和結一起繞到神社後方，一直盯著那扇之前隱藏在瓦礫下的門。

「這樣就能回到過去了吧？」

我本來想要立刻和結討論，關於昨天哲也告訴我的事情，但現在有更優先的事情要做，我把心思集中在神社上。

「一定可以的！準備好了嗎？」

這次的調查，我也會一起進入神社裡。

與前次不同，回到過去的時間點，我不能在外面枯等。況且如果結一個人回到過去，過去的我並不知情。因此如果要驗證是否真的能夠回到過去，必須兩個人一起進行。

確認好現在的時間，這次的實驗重點在於確認時間流速是否和前往未來時相同，以及是否真的可以回到過去。

「走吧，彌一。」

「嗯。」

「不用擔心，我們在一起不會有事的。」

「妳說得對。」

結露出笑容，我也報以微笑。我覺得現在的自己，一定變得比之前更加強大。

然後，我把手放在散發著詭譎氣息的門把上，開了門。

神社後方的入口與前面沒有不同，室內裝潢也是常見的熟悉風格。

我們兩人一起準備好計時器，雖然只進來五秒，緊張的感覺卻揮之不去。五秒過後，我們馬上出去，回到村莊確認日期和時間。

「那我關門嘍。」

「好。」

我和結共享想法後，專注地操作計時器。

我們關上門，時空穿越即刻開始。

「一、二、三。」

我們出聲讀著秒數，五秒不過是眨眼之間，當兩人的聲音同時數到「五」時，用力伸手推開門。可是卻發生了奇怪的事情。

「奇怪？」

我使勁推著門板，卻毫無動靜。無論用了多大力氣，無論怎麼推拉，門板依舊不為所動。

發現我的異狀，結擔心地看著我。

「妳放心，一定打得開。」

我現在只說得出這種沒有根據的安慰話語。

「結，過了幾秒！？」

「四十八秒了。」

外面已經過了三天以上，如果不快點離開這裡……

「呼、呼……」

焦躁讓我的心跳加速，呼吸也越來越不順暢，但我仍沒有減弱開門的力道。

隨著神社內的時間一秒一秒地過去，外面的時間也大把大把的流逝。這個事實使我的焦躁更甚。

由於我們第一次從後方的門進來，根本無法確定此舉是否真能回到過去，抑或是前往未來？

「彌一、彌一，經過兩分鐘了。」

「沒事的……」

神社內和外溫度不同，明明不熱，我卻汗流不止。「得快點採取措施」的焦躁感充斥在我心中。

在我思緒打結時，感覺有人拉著我的衣服。原來是身旁的結抓著我的衣角。

我轉頭看結，和她對視。

她的眼神裡夾雜些許緊張和害怕，但也有對我的信任，這樣的眼神足以成為我繼續努力的原動力。

我必須守護她。哲也告訴我，結以前曾救過我，如果這是事實我必須對她表達感謝；即使她沒有救過我，我也依然會守護著她。

結果，突然間，門板毫無阻力地開啟了。彷彿有人從外面開了鎖。

「終於出來了！」

「哈啊——」

兩人都安心地鬆了一口氣。

實際上，關在神社裡時的焦躁感真的非常可怕。

「不過，為什麼會突然出不來呢？」

「我也想知道呢。」

而且我也不明白，為什麼突然打得開門了？神社內外是否發生了什麼問題呢，又或是有什麼原因導致我們必須在這個時間點才能離開神社。總之我覺得這座神社有一股強烈的意志，企圖讓我們無法離開神社。

「總之，我們先回村裡吧，等等再討論。」

結順從地點頭附和我的提議。

「太陽已經下山了耶。」

「是啊，不知道我們經過了多久時間。」

話說回來，是不是真的已經回到過去，還是個疑問。

走近村莊，感覺比平時夜裡的霧山村更為嘈雜喧鬧。不知道是不是有什麼活動，還是忙著尋找失蹤的我們呢？計時器上的時間已經經過兩分半鐘，依照公式，外面的時間應該已經過去十天以上。我們離喧鬧處越近，村莊的輪廓也越來越清晰。聽起來大多是男性的聲音，感覺和那時他們尋找我們時的場景十分雷同。

心裡這麼想著時，看見了哲也。各自確認彼此後，我舉手向他招手，哲也卻一副怒氣騰騰地朝我走過來。

「哲也，怎麼了……」

「你們到底跑哪去了！？」

話還沒說完，哲也的聲音蓋過了我。

哲也展現的焦躁感，和我方才困在神社內的明顯不同，我能清晰地感受到他的急迫。

「我還沒搞清楚狀況，發生什麼事了？」

聽見我的回答，哲也依舊一臉強硬，怒氣騰騰地說道：

「彌一，你說什麼啊？」

「……」

「你們兩個這四天跑到哪裡去了？！」

這句話，之前也在同樣的情況下，從哲也的口中聽過。

這四天。哲也是這麼說的。如果我和結成功回溯了時間，至少應該也失蹤了十天才對，好像有點不對勁。

我確認過所有浮現於我腦海中的可能性，然後問了哲也一個最單純的問題。

「現在……是幾號、幾點鐘？」

哲也給我的答案是近兩週前，我和結第一次進出神社的日子，也就是之前我們失蹤回歸的那一天。

以結果論，我和結成功回到過去了。

並且，計算在神社內滯留的時間與回溯的時間，可以推算出回到過去與前往未來的時間流速是相同的。

「不過，當時為什麼出不來呢？」

關在神社裡大約三分鐘時間。雖然我們一直在想到底為什麼出不來，但還是想不出任何原因，或許是神明的神來一筆吧。

總而言之，先確定我們可以透過神社回到過去就好。

之後，我和結討論好，要盡可能地還原之前做過的事情。和上次相同，我為失蹤事件到處向大家道歉、去找村長解釋，然後為了助結一臂之力而取得《霧山古文書》。這段期間，我和結當然也是分開行動。

因為抱著如果改動了原本的過去，未來不知道會變得如何的危機意識，我們有意地沿著過去的軌跡，再度過一次相同的日子。

我覺得自己還原得挺不錯，也真實地感受到自己過去的生活真的是一成不變。拿到《霧山古文書》之後，接下來就請哲也與小雅幫忙搬開「古川神社」境內成堆的瓦礫。

不過，這當中有兩個和之前明顯不同的地方。

「結，妳看看這個。」

現在是之前我偶爾在晚上遇到結的時間點，就是她以「少知為妙」的理由拒絕我幫忙的時候，這次我利用這個時間和她交換資訊。

說完後，我將《霧山古文書》遞給結。

結似乎明白我的意思，無須我多說，結就直接翻到了該頁面，看見了犧牲者的人數，結眨了眨她的大眼睛後，眼睛睜得更大了。

「咦！六十八人？」

「似乎是這樣的。」

很明顯的，《霧山古文書》上記載的人數減少了。而且比起第二輪時間所看的《霧山古文書》上記錄的數字少了好幾倍。這是否證明了，我們選擇回到過去的舉動也是正確的呢？

況且有異動的地方不僅犧牲者，原本記載的「吞沒半數以上村民的慘痛意外」變成了「不幸中的大幸，如此嚴重的意外，死傷人數仍在少數」。

「好神奇，竟然少了這麼多……」

「就差一點了，妳已經拯救了幾百位村民了！」

結每次看到《霧山古文書》上的人數變少時，都會這麼開心，而這次的變化明確地接近目標，讓她更加喜悅了。她渾身顫抖，發不出聲音。

「不過，可不能這樣就滿足了，要讓犧牲者人數歸零才行。」

然而結沒有因為這個好消息而自滿，堅定地表示自己的目的。絕不妥協的態度，讓我覺得她真的好帥氣。

「妳說得對。」

「還差一些些，還要拜託你了。」

「啊，好的。」

還差一些些。這句話在我心裡深處染上了一層陰影，薄薄地卻確實存在著。

這是第一個變化。

還有另外一個變化。

事情是突然間發生的。

當我和結以及來幫忙的哲也、小雅正在進行清除瓦礫作業時，我們和上一輪時間相同，掌握要領地進行清除作業，絲毫沒有拖延。

或許是我們的行動一直都很順利讓我大意了，雖然搬重物的主力是我和哲也，但此時女孩們也躍躍欲試。即使力氣不如男性，結和小雅也都努力搬開障礙物，讓我大感佩服，可是結手上的東西不小心碰到了附近堆積的大塊瓦礫，撞到支撐著某物的柱子。

然而那根柱子因輕微的碰撞力量而改變了受力方向，換句話說，發生不幸意外，承載著重量的瓦礫朝著結筆直地倒了過去。

「——危險！」

我為什麼可以反應得如此之快呢？

因為我一直掛心著她，視線一直隨著她的身影的緣故嗎？還是因為剛好我在她附近，當眼前發生危險狀況時，身體下意識地動了起來。雖然不知道原因，但似乎每一項都有可能，我想藉機稱讚一下可以瞬間移動身體的自己。

我推倒了結，用身體當成盾牌，完全覆蓋住她的身體。

緊接著，我的身體頓時感到疼痛，疼痛感稍微延遲地傳遞到大腦，我的意識就像突然關上電燈般暗了下來。

我覺得自己在作夢，卻如夢似真。

奇妙的漂浮感，像是作夢獨有的感受，但事實並非如此，我的身體似乎真的浮在空中。
只不過，雖說是浮在空中，應該說是有莫名重力加在我身上，讓我的身體垂直往下掉，漂浮懸空的說法並不正確。
我知道自己正面臨著突如其來的死亡威脅，在毫無抵抗的情況下，下一刻我就會粉身碎骨吧。
然而，這並不是我第一次作這個夢。
當我幾乎接觸到地面時，趨近死亡的氣息卻像無事發生般地消失了。
強力撞擊下，雖然身體感到疼痛，但我的壽命尚未到盡頭，感到疼痛時，柔軟的觸感包覆著我的身體。
原來啊。
這既是我作過的夢，也是我之前曾經歷過的真實記憶。
那是迄今約十年前，我第一次造訪霧山村所經歷過的墜落意外。我和哲也與小雅在高台上玩，不幸的，因下雨導致腳滑而失足墜落。我至今仍清楚記得那從我頭上傳來的，兩人的尖叫聲。

即便如此，我活了下來。

雖然受了點傷，但都不是致命傷。

有人救了我一命。是一位女性。

我不記得她的名字及容貌，儘管一直作同一個夢，她的表情總是像蒙上一層霧，看不清楚。但她確實救了我一命。

「沒事吧？」

她出聲詢問我，聲音聽起來十分舒服。

「我、沒事……」

墜落時身體承受的撞擊，讓我意識到自己的呼吸並不順暢。我喘著氣回答，身體的深處、肺部以及遭到撞擊的後背皆疼痛不堪，令我不禁發出悲鳴聲。

「抱歉，你不用出聲，放輕鬆就好。」

她看著我痛苦的表情，溫柔地安撫著我。

我睜開眼睛，想看看她的樣子。慢慢地，等眼睛適應光線後，率先映入眼簾的是寬廣的天空佈滿了厚重的雲層，天空不斷落下的雨滴，使我無法順利地睜開眼，但我仍用力撐起眼皮，看向照顧我的女性。

她就是救我的人啊。

她為了救我，弄濕了一頭黑色長髮，還有和服。

不過即使狼狽，仍掩蓋不住眼前這位女性的美。無人可褻瀆的純白肌膚，深不可測的漆黑透亮雙眸，我的目光完全無法離開她。

「真的沒事嗎？」

從一雙好看的嘴唇中吐出的字句，句句都溫柔。

不知道為什麼，她那之前一直看不清楚的表情，現在卻清晰地浮在眼前。聲音、長相甚至於舉動，彷彿深深地烙印在我記憶中一般。

我以前好像在哪裡看過這女孩……

「那個……方便請教妳的姓名嗎？」

我費盡全力，好不容易吐出這句話。明明有其他許多該說的話，但我仍忍不住想問。

「我的名字？」

面對突如其來的問題，她看起來有些疑惑；溫柔的她仍立刻回答了我的問題。

「我的名字是結。連結人與人之間，締結緣分的結。」

沒錯，是結。

我知道這個名字。

結、結、結、結、結……

對我而言，這個名字屬於對我來說無比重要之人。

沒錯，她真的救過我。感謝之情與如今高漲的情緒蜂擁而上，我期盼著能夠即刻見到她。

於是，我在心中無數次地喚著她的名字。

結——

「結——」

突然間，我恢復了意識。

我被自己說的夢話驚醒。

才清醒的我想要起身，只是稍微移動一下身體，卻感到身體各處傳來刺骨的疼痛。

「嗚……」

我痛得說不出話來。

「哎唷，叫女生的名字叫得這麼親熱呀～」

說話的人是真知子阿姨，我人躺在借住的客房裡，她應該是留在這裡照顧我。

身體傳來的疼痛，讓我清楚自己傷得不輕。

「真知子阿姨，請問是妳幫我包紮的嗎？」

「不是啊。」

「那是誰幫我……」

聽我說完，真知子阿姨站起來說道。

「是你剛才口裡拚命叫喚的那個孩子喔。」

接著我就看到結站在一旁不遠處。

原來，結又再次救了我。

「事情就是如此啦，你們兩個慢慢聊。」

真知子阿姨說完，快步地離開房間。

「……」

「……」

空氣中籠罩著令人焦躁不安、略顯尷尬的沉默。

該說些什麼呢？我昏睡時，好像一直叫喚著結的名字，害我現在感到不太好意思。

正當我覺得苦惱時，結先開了口。現在這個聲音是我聽過所有她說的話之中，最沒有自信的一次。

「彌一……」

「嗯。」

「彌一……」

「我在聽。」

「我還以為你會死掉，我真的、真的好害怕。」

「我懂。」

「我不想你因我而死，我還想和你繼續在一起。」

「……我明白。」

「你昏迷時，我一直在想這件事，你一醒過來，我才安下心來……」

她的聲音顫抖著，即便如此她仍對我「嘿嘿」地笑著。

「謝謝你救了我。」

「真是千鈞一髮呢。」

「你保護了我，我很高興喔。」
「太好了。」
「不過害你受傷了，對不起喔。」
「沒關係的。」
是的，真的沒關係的。
希望自己可以幫上結的忙，這是我一直以來的願望，因為是妳救了我這條命。
「因為，妳也曾救過我一命。」
「什麼……」
她虛弱的聲音中，混雜著一絲驚訝。
她雙手摀著嘴巴，表情滿是驚訝，即使我不看她也能感受得到。
「彌一，你是說……」
「我一直想不起來，當時救我的人到底是誰。」
那個讓我從此有了未來，能自由活動身體、自在呼吸的人。一直以來我都忘了、想不起來了。記憶中隱約只記著曾經有人救過我而已。

「我啊，這個夏天逃來了霧山村喔。」

面對我突如其來的告白，結只是靜靜地聽著。

「我的夢想是成為作曲家，想要作出能夠深入人心的歌曲。因此，我為了追夢，每天都很努力，但我父母卻不同意。」

他們總是說「做這種事沒出息」、「只有少部分的人才能靠作曲養活自己」，或是「有那個閒工夫，不如認真讀書考個好大學」之類的。我父母就是那種幫我安排好一切或說是強制要求我做事的家長。

所以，我逃避現實，離開那個令我窒息的環境，如許多故事的主角一樣，去一個遙遠的地方，所以來到霧山村。

「而且，正是之前命懸一線時獲救的經驗，成為我開始作曲的契機。要不是當初有人救了我，我也不會有現在，這種想法一直盤踞在我腦海中。後來發現，我也希望透過自己創作的曲子能夠間接地向某某人伸出援手。」

說完，我奮力撐起疼痛的身體，挺直了上半身。

「欸！你坐得住嗎？」

「可以的，這種程度沒問題。」

雖然疼痛比我預期的嚴重，但一想到沒有被送到醫院就覺得好多了。

坐起來才能看清結的樣子，我仔細地看著她的眼睛。

「結，聽我說，」

「……」

「我才要謝謝妳救了我。」

「……」

「大概十年前，如果當時妳不在現場，我想我已經沒命了。但妳讓我活了下來。雖然我不清楚妳為什麼會出現，但救我一命是千真萬確的。」

「真的只是巧合，我碰巧去到那個時代，因為那起意外，我對雨天比較敏感，覺得在意，走出神社一看，剛好就發現你這個遭遇危險的孩子。」

而且，結接著說道：

「一開始我沒認出來那個孩子就是你，當我想起來時，又想著還是不要勾起你受傷的回憶比較好，所以就沒提起了，抱歉啊。」

「即便如此，我一樣感謝妳。」

「嗯，當時救了你，又能和你重逢，真是太好了。」

這一刻，想必就是我們的重逢吧。

跨越時空，奇蹟般地與救命恩人重逢。

那座神社的確可以加速時間流逝，我仍感到害怕；但也能像這樣引發奇蹟。

正因如此，知曉此事的結才會對神社寄託她的願望。

「所以呀，雖然稱不上報恩，但我真的很想幫上妳的忙。一定是我下意識地在意妳的事情，才會產生這種想法。」

「在意到連夢中都喊著我的名字嗎？」

「啊、嗯，也是啦。」

「呵呵，不過你夢到我，又說夢話喊我的名字，我不覺得討厭喔。」

結有點害羞地說，看起來非常可愛。

我感覺自己的胸口一緊。

這感覺和身體受傷的疼痛完全不一樣。是來自身體更深處的位置，如果真的有「心」這個器官，這番話就像溫柔卻緊緊地抱著我的心。

啊，原來啊。

我喜歡上結了。

起初在神社見到她時，儘管疑惑著為什麼一個花樣少女會睡在這種地方，還將她揹回村裡，但那時我就已經覺得心情莫名地高漲。之後受到她的容貌吸引，又感受到她親切的個性，並且親眼看到了她有著強烈意志去保護重要的事物，不管自己多累也會堅持下去。再加上她是我多年來懷抱憧憬的救命恩人，我不是遲鈍的人，不難發現自己對她的好感。

「彌一，你有在聽我說話嗎？」

當我從思考的泥沼中掙脫出來時，那個我確定喜歡的人正湊近我的臉。

「沒事吧？還是很痛嗎？」

「啊，對，雖然很痛，」

「怎麼了啊？」

「啊——就是，」

比起身體疼痛，我覺得我的心臟跳動的速度比較需要擔心。

「妳離我這麼近，害我很心動，這樣。」

「……」

我的本意並不是想要將內心的想法說出口。我感到自己的臉頰迅速地發熱。

「哎呀，說什麼呢，害我也跟著不好意思了。」

「抱、抱歉。」

不過，發現到自己對她產生好感後，突然不記得之前自己是怎麼和她相處的，無論是說話的方式以及距離感的拿捏都不太對勁。接下來該怎麼做呢？雖然說只要保持正常就好，但怎麼做才是正常呢？

「啊啊，妳剛剛跟我說什麼？」

我開始語無倫次了，心慌意亂得相當明顯。

結聽我說完，先是歪歪頭，接著笑個不停，似乎理解這句話的奇怪之處。

既然已經讓喜歡的人露出笑容了，那就算了吧。我自暴自棄地想用正面思考來擺脫羞恥心情。

笑了一陣後，她用食指擦拭微濕的眼角。

「我剛剛啊，是在說明你的傷勢。」

好像是挺重要的內容。至少，是我這個傷者本人該仔細聽的內容。

「你的骨頭沒有斷裂，但是因為受到了嚴重的撞擊，所以需要靜養一段時間。特別是右腳的傷勢比較嚴重。真知子阿姨小姐是這麼說的。」

結模仿真知子阿姨的口氣，向我說明傷勢。

不過，腳傷這麼嚴重的話，就很難幫上結的忙了，我不想變成這樣。

「呃啊！」

我想看看腳傷的情況，輕輕地使力後，從右腳傳來的疼痛一直蔓延到身體中央，我切身體會到，這真的得好好靜養才行。

「你安心養傷。」

「可是……」

「我很高興你能為我著想，但我害你受傷了，所以不能讓你繼續陪著我。」

聽到她滿懷歉意的話語，我一時不知怎麼回答她。

「每天我都會像這樣，該怎麼說呢，來照顧？探望？你的，所以你要好好地靜養喔。」

「……好。」

這種被告誡的感覺，讓我不想乖乖點頭，但也只能順從她的意思。現在的我對她來說只是累贅而已。

「不過，結妳千萬不要勉強行事。」

「嗯，我知道。況且瓦礫已經清除乾淨，這麼一來，那座神社就沒什麼事可做了。」

「那就好。」

可是，如果在那座神社該做的事都已經完成，當結達到她的目的，改變了《霧山古文書》內容之後，她會怎麼樣呢？

「我會再來看你的。」

「好。」

「真的謝謝你救了我。……你真的超帥氣喲！」

她邊說邊害羞地笑了，說完她便離開。

只不過，聽見值得高興的話，我現在卻高興不起來。

我終於明白「喜歡」這種感情有多麻煩了。

我絕對不想和結分開。

從疼痛感不難想像傷勢有多嚴重，果然這身傷不是一朝一夕可以痊癒的，真知子阿姨強烈要求我乖乖待在房間裡。

足不出戶明明是我的強項，但現在這種浮躁的感覺，也是因為我滿腦子都想著結吧。

如她宣言般，每天都來看我。

她帶著從「便利商店」買來的零食，也和我分享和村民間的生活趣事，努力為我排遣無聊。

對我而言，這段時間是我的快樂時光，這個能夠享受到結關心的空間，也變成了一個舒適的環境。可是越是這樣，心裡就越想和結多相處一些時間。

「彌一。」

「哦！哲也。」

「你傷勢怎麼樣了？」

「還是一動就痛啊。」

哲也有時也會來看我，應該說，不只哲也，小雅和那群一起跑跳的孩子，還有見過幾面的阿姨；只要聽說我受傷的人，大家都來探望我。

說實話，如果我在故鄉受傷或是生病了，我想不到究竟有哪個朋友會來探望我，如果問我會不會感到寂寞，我倒是不覺得。高中生大都是這個樣子的。

我只是想說，這個村子的村民們個個都很溫暖。

「不過，似乎比一開始好多了。」

「託你的福。」

特別是哲也，自己也渾身是傷，但他還是會協助我貼藥布等事。

「說到結，現在白天都會以那座神社為中心點，四處走訪那座斑駁的山。」

「這樣啊……」

並且，他自然清楚我在意的事情，會告訴我結的動向。

可是，當他告訴我「以前救你的人就是結」時，我卻只回了「是嗎」，其實我並不清楚哲也為什麼要告訴我這件事。

「雖然看不出來她在做什麼，但應該沒什麼危險。」

「我也有告訴她，別做危險的事。」

不管她做什麼，一定都是為了減少犧牲人數而做準備；仔細地檢查山中各處，或許也是在具體地思考，等回到原本的時代時，要如何引導村民逃生。

突然想起《霧山古文書》不在我手邊，一定是行動中的結帶在身邊，隨時確認犧牲者人數吧。

等文書上記載的犧牲者人數降至目標的零人時，結的任務就完成了嗎？如果任務完成了，結又會變得如何呢？

現在文書上已經更新的人數，不正是結無須回到過去便已拯救成功的人數嗎？那麼，結應該可以就這樣留在我生長的時代了吧。

這種自私的想法充斥在我腦中，即便如此，當我察覺這些都是自己的願望時，感到十分不安。

尤其像我這樣時間一大把又處於動彈不得的狀態下，這些想法更是揮之不去。

「彌一。」

哲也認真地注視著我，不知道他是否清楚我的煩惱。

「……」

「只要記得，別讓自己後悔。」

「知道了。」

「當然，考慮對方的感受很重要，也必須尊重對方的想法。不過，不能正視自己感受的人，是無法珍視他人心情的。」

「所以，」哲也強硬地說。

「別漠視自己的感受。」

「……嗯。」

這是我現階段能給的最好回答。我也不能百分之百確定自己的心情，至少，我沒有哲也那般成熟，不分場合總能冷靜地判斷事物。

唯一能確定的，就是察覺到自己對結的喜歡，而我還沒有適應。

我的心情是什麼呢？

我在想些什麼，又應該把什麼放在最優先的位置呢？

我最大的願望，到底是什麼事呢？

感覺越是認真想，答案就離我越遠。

「彌一！牙牙拿煙火過來了！」

因為我受傷不方便活動，他們為我準備了不需移動就可以欣賞的煙火秀。

這也是小雅的計畫之一。

「小雅，這是什麼突發奇想？」

「我只是覺得你沒辦法參加的話，實在太可憐了。」

小雅為了掩飾害羞，故意用挖苦的說法，但哲也與結不能接受她這種態度。

「她明明就花了很多時間思考怎麼讓你輕鬆地參與活動。」

「其實呀，是牙牙主動提出『放煙火的話，彌一應該可以參加吧』的。」

兩個人一人一句，說得小雅滿臉通紅。

我心想，哲也和結絕對不會放過這種可以調侃小雅的時刻。

「不過還是謝謝妳，我也覺得一起放煙火應該沒什麼大礙。」

我誠懇地道謝，可是小雅卻轉過頭去不看我。

然而，煙火秀意外地令我很開心。除了大家貼心地考慮到我的心情外，像這樣四個同年紀的人一起放煙火，很有青春氣息，我的心情不由得興奮起來。況且，今年夏天還沒做過什麼有夏日氣息的事，從這意義上來說也是不錯的；目前頂多就是協助準備試膽大會，雖然後來因為豪雨破壞了道具不得不停辦；以及在便利商店買刨冰吃而已吧。

「話說回來，這也買得太多了。」

小雅手上的煙火，雖然可以粗分成手持型與放置型兩大類，但其實種類多到不勝枚舉。

「因為不知道你喜歡哪一種，所以她把『便利商店』裡賣的所有種類都買來了。是不是呀，牙牙？」

「別說了！！」

小雅一直受到調侃，整張臉紅通通的，終於舉白旗投降。

「不過，有這麼多就可以玩得盡興了！」

「彌一必須小心傷勢，坐著玩就好。」

都特地出聲提醒我了，沒辦法，大家辛苦為我準備一切，現在只能乖乖聽從他們的話。

「來吧！放煙火嘍！」

隨著吆喝聲，哲也手上拿著打火機，取出幾支簡單款的手持煙火，然後全部一起點燃。小雅也模仿著哲也，雙手拿著煙火綻放著笑容。「這種時候哲也真像個小孩呢。」小雅說道。

「我們也來玩吧。」

「好啊。這是我第一次看到這麼漂亮的煙火呢。」

「是這樣的嗎？」

「嗯，雖然和我那個時代的煙火外觀很像，但當時沒有這麼多顏色呢。」

結說完，興奮地拿著手持煙火給我。我為了不造成身體的負擔，坐在緣廊參與活動。

柔和的微風，吹拂著風鈴發出悅耳的聲音。在這麼有氣氛的空間中玩著手持煙火，讓我真正地享受著夏天的美好。

哲也和小雅一人拿著好幾支煙火，努力地想要拼出星星的形狀。

「彌一、彌一！」

陪在我身旁的結，開心地呼喚我，然後拿著色彩繽紛的煙火，在空中寫起字來。

「你要仔細看喔！」

火光及燃燒的煙所形成的文字，在我腦中漸漸成形。

這是……寫喜翟欠嗎？當我在想寫的是什麼字時，她又加上了「你」字。喜翟欠你……

「咦？」

結「嘿嘿」地笑著，看著我驚訝的臉，一臉滿足的樣子。

那幾個字，應該是「喜歡你」沒錯吧。

我有點心慌，手上的煙火掉到地上。

「彌一你幹嘛？發生火災的話怎麼辦！」

小雅唸了我兩句，可是我哪有辦法？因為我喜歡的人，正疑似對我告白嘛。

可是結的表情完全沒有不好意思，或許是我的大腦擅自做出來的幻覺。

接著就是施放各式各樣的煙火。

開心地玩畢手持煙火後，她又嘗試了火花類及旋轉類煙火，各式新穎的煙火，讓結的眼中充滿了好奇。

而且，我們沒有事先預告就點燃爆竹，使她驚呼了一聲，我和哲也、小雅三個人笑成一團。

「你們不要欺負我啦！」

結說完，露出了符合年齡的天真笑容。

每個人臉上都掛著笑容，如果這麼和諧的時光，可以一直持續下去就好了。夏天結束後我就要回故鄉去了，雖然不知道結接下來會怎麼樣，但我仍單純地希望能夠盡可能地延長現在這段時間。

「只剩下這些了呢。」

那麼大量的煙火也已所剩不多了。

最後還是得用手持煙火收尾才行吧。

「那是關西常見的煙火——Subo手牡丹嗎？」

結提出疑問，哲也佩服地點著頭。

「這麼古老的名稱妳也知道啊，順帶一提，在關東地區好像稱作長手牡丹。」

一邊說著小知識一邊拿出來的煙火正是線香煙火。只看這麼一眼，立刻就能答出是Subo手牡丹的同齡人，果然只有結一人。平時相處時沒什麼特別的感覺，但當只要一出現這種我不清楚的舊知識，就會真實地感受到我們兩個人生長於不同的時代。嚴格來說，截至目前為止，只有上次結吃「雪」口味的刨冰時，才讓我有這種感覺。

「來，給你。」

接著，她將煙火發給每一個人。

若是平時，一定會有人提議「我們來比誰的煙火可以撐到最後吧」，但這次結說的話卻沒讓這種事發生。

「你們知道嗎？」

雖然不明白結所指何事，但看著結眼神落在手上的線香煙火，我們三個人也注視著她的舉動。

「線香煙火啊，其實是人生喔。」

「人生？」

「嗯，雖然線香煙火依據火花的散發程度而有不同的名稱，而這些名稱都在比喻人一生的各個階段，所以才會稱作人生。」

大家一起點燃了線香煙火。

我坐在緣廊，他們三個人蹲在我身旁，用拇指和食指輕輕地拿著煙火。

剛點燃的線香煙火，只有最初的幾秒間會形成如火種般的火球。

「這個叫做『蕾』，表現的是我們人類剛獲得生命的那一刻。」

隨著結解說的聲音，火種開始散發起火花。

「再來是『牡丹』，因為像是美麗的牡丹花，以此稱之，比照人生的階段的話，大概就是我們現在這個時期，正準備開始享受生命。」

接著線香煙火的火花繼續增大，散發出最亮的光芒。

「這種強烈向外噴發的感覺，很像松樹的葉子對吧，所以這個狀態稱作『松葉』，也被比喻為人生中發生了像是結婚啊、生產啊這類大事的時期。」

火花開始越來越弱，像樹枝下垂一般，朝著地面散發著火光。

「這個稱作『柳』，像極了柳枝低垂吧。這種火光平穩的時候，象徵育兒階段告一段落的樣子。」

結繼續說明著，煙火的火花也漸漸消失，回到了原本火種的狀態。

「然後這個殞落前的狀態則是『菊』，有如花瓣一片一片掉落的菊花一般，光芒結束前也甚是美麗，這就是人生的最後階段。」

「啊……」

不知道是誰發出的聲音。我們手上的線香花火的火光接續掉落至地面上，失去了光芒。

聽著如此充滿含意的故事，手裡點著線香煙火，不禁讓人沉浸在感傷之中，整個氣氛也有些哀愁。

「試著這麼一想，線香花火意外地很深奧對吧。」

說明結束後，結得意地對我們說。可是口氣聽起來卻不像對大家開玩笑，這種氣氛連本人都有點不知所措。

結為什麼要說這種話呢？

或許她說這些沒其他的意思，只是隨口說出心裡的想法罷了。即便如此，我仍從她說的一番話中，發現了某種情感。

例如人命的脆弱。

或是生命總是環環相扣的。

而，現在自己有拯救大家的任務在身。

「你們不要忘記我現在說的話喔。」

結說完，結束這個話題。

在場的人，每個人都有自己的感受，將萌芽的情感收藏在心中，站起身來。

「以後就不能胡鬧地玩線香花火了呢。」

小雅為了緩和現場尷尬的氣氛，開始緩頰。

「沒事沒事，大家開心玩就好，牙牙妳看起來很喜歡線香花火呢。」

「沒錯沒錯，每年都是她第一個掉到地上，不甘心地重玩了好幾次。」

「哲也，你好煩喔！」

趁著這個話題，氣氛又回到一如既往的樣子。這樣的場景感覺像是和心靈相通的朋友相處在一起，我很高興自己能成為他們其中的一員留在這裡。

同時也期望著我們四個人可以一直像這樣在一起。

我還是希望，可以和結長長久久……

我現在才發現，原來我奧村彌一的人生到此為止，一直活得自私又任性。

應該說，我覺得自己應該歸類在不會過度強調自我主張，既善良又模範的類型中，自我評價頗高。

可是，一旦面對自己的真實心意，就和善良沾不上邊了，不論如何，思考方式總是以自我為中心。

「呼……呼……」

我拄著拐杖，在霧山村繞來繞去。

由於這個村莊的人情味特徵，所以每個人都已經知道我受傷的事情了，我以「我在復健」這個牽強的藉口搪塞，以漠視大家的關心和提醒。

「結……」

自從昨天的煙火活動後，結在我頭腦裡佔的比例更多了，然而這不是一個好現象。

結會從我眼前消失。我的直覺所衍生的焦慮感，使我坐立不安，所以我背著真知子阿姨偷偷跑出來尋找結的身影。

「她果然進山了吧。」

我沒有把握自己能夠單手拄著拐杖，拖著傷痕累累的身體進山。我想像著中途走不動又苦無救援的場景，腳上的石膏感覺更加沉重了。

儘管如此。

——別讓自己後悔。

哲也說的話，鼓動著我的意識。

沒錯。即使我的腳到達極限，無法行走而遇險，這類意外也不應該在我考慮範圍內。因為對目前的我而言，最糟糕的意外已經烙印在我腦海中了。我認為結的事情一直造成我的不安，那無法排解的負面思考，總是讓我下意識地想像著最糟的狀況。

「振作吧！」

我輕拍自己的臉頰，打起精神。

接著，我在沒有任何幫助下，獨自一人往山中走去。

走進山路後，已經經過一段時間。我謹慎地留意周遭情況，沿著山路繼續前行，終於抵達了「古川神社」。但事與願違。

「也不在這裡啊……」

疲勞不堪的我，臉上的表情因為這個事實而更加難看了。

如我所料，帶著傷爬這座山需要耗費相當大的勞力和時間。通往熟悉的「古川神社」的道路，走起來也比平時感覺更漫長且危險。

我的右腳傷得最重，為了保護，走路時盡量不使用右腳，但因為承重分配差異，反倒使左腳與雙臂承受的負擔更重。認知到這點，使我的注意力渙散，因此一直被隆起的樹根絆到腳。

況且因為勉強自己走路，毫無疑問地加重了傷勢，拄著拐杖的手臂也開始傳來陣陣痛楚。

即便如此，我不能停。我固執地不願停下腳步。

「我真是個傻子。」

我自言自語。無論是負傷上山，或是愚蠢地沒有考慮回程的事情；即使已經疲累不堪仍撐著身體繼續走著，這一切的一切都太傻了。不過，我卻不討厭這樣的自己。倒不如說，比起在狹隘的世界裡對父母言聽計從，我可以抬頭挺胸地說，我更喜歡現在的自己，我為自己感到驕傲。

我突然覺得這種陽光開朗的想法，實在傻得可以，但我認為即使傻也沒什麼問題。

然而我前往了目前所知之處最遠的地方。以前結曾跟我說過這個地方，也是我約十年前墜落的地點，一來到之前提過的那個高台，便看見她的身影。

「彌一？！怎麼會？」

她可能聽見了我拄拐杖拖著腳步走路的聲音，一看到突然出現的我，便立刻朝我奔跑而來。

「你帶著這麼嚴重的傷，還一個人走到這裡！？」

「還好啦。」

「這是為什麼呀？」

「我想見妳。」

「昨天晚上我們見過面呀，而且我等一下也會去看你啊！」

「我還是想早點見到妳，而且在家裡沒辦法兩個人好好地獨處。」

結難得地拉高音量，「唉——」發出了我從未聽過的超長嘆氣聲。

「彌一，你該不會是個傻瓜吧？」

「我也是今天才發現的。」

聽到我開的玩笑，她又輕輕地嘆了口氣，「來都來了，真是拿你沒轍。」她說。

「妳為什麼在這裡？」

我知道結一定會問我這個問題，所以我搶先提問。

「沒什麼特別原因，應該吧。我無事可做，但心情卻一直平靜不下來，所以就想來這個可以一覽整個霧山村的地方看看。」

結在沒有來到現代前，在過去的時間，應該也常常這麼做吧。

「總之，你先過來坐吧。」

結指了指她帶來鋪在地上的地墊。坐在地上也不會弄髒衣服，細心的舉動，表示她真的常到這裡來。

「這裡真的好美啊。」

兩個人坐在單人用的地墊上，雖然有點侷促，但結似乎不太在意，只是欣賞著眼前寬廣的景色發表感想。

眼前所見是霧山村，而山的深處有一片寬闊的大海。這樣一看，可以明確知道霧山村的位置位於陸地的最邊邊。

「從這可以看到海洋，也可以看見整個村莊，景色和我所生活的時代幾乎一模一樣。」

「是嗎？」

聽著結說話，我忍不住曲解她的意思。「我所生活的時代」這種說法，就像是她不願接受自己自己活在現在這個時代的感覺。

彷彿在說，這裡不屬於她自己。

「嗯。不過，村莊小了許多。」

結曾經說過，這是因為之前發生的坍方意外波及到村莊所造成的。

「以前呀，人比現在更多、更有活力喔。因為旁邊就是山麓和海洋，所以食物也很豐富，大家總是笑容滿面的。」

結溫柔地瞇著雙眼說道，看起來又懷念、又富有同情心，卻不是我想要的樣子。

我明白結想說什麼。因為太清楚了，不免感到悲傷；正因為清楚，才不想讓她說出口。

「所以我要回去原本的時代。」

「我不要。」

我像個孩子般任性地說。

「我才不要妳回去。」

該不會，結已經做好回到過去的準備，等到《霧山古文書》上的犧牲者人數歸零時就回去。明知如此——

「我無法忍受和我最喜歡的人分開。」

說完，我凝視著結。像是要貫穿她清澈的眼睛般，緊緊地盯著她。

我用視線告訴她，我也是認真的。

「彌一……」

「不管現在或未來，我都想留在妳身邊；不只夏天，接下來的秋天、冬天還有春天，我都想和妳在一起，一同度過未來的日子。」

結聽見我的願望，眼神出現些許猶疑。那個眨眼的瞬間，本來看著我，卻移向了眼前的霧山村。這對我而言，是無比殘酷的事情。

「我也想永遠和我最喜歡的人在一起。」

她回答的聲音裡，隱藏著些許不安。最喜歡的人，指的究竟是誰呢？

「以前我救過的那個男孩，重逢時變得這麼溫柔、這麼帥氣，還盡全力地幫我，甚至還說喜歡我，沒有比這更令我高興的事了。」

「……」

「我打從心裡認為，能遇到你真的是一件好事。說真的，我也想過，能就這樣和你一直在一起就好了。」

「那麼……」

「但是，有一群非救不可的人等著我去救他們。」

儘管她又強調了一次，我仍無法放棄。

「《霧山古文書》的內容都改變了，等到犧牲者人數歸零，妳不回到過去也沒關係不是嗎！？」

「一定不行的。我在這個時代找到幫助大家的方法，雖然《霧山古文書》上的人數減少了，但我認為那是因為我回到過去，實行了我找到的方式，才開始有所改變的。」

「就算是那樣——」

「況且，」結出聲打斷了無法完全放棄的我。

「雖然你說喜歡我，但為什麼喜歡我呢？一直以來你是怎麼看待我的呢？」

我想關於戀愛，這應該是常出現的問題吧。

為什麼會喜歡？雖然有人會說喜歡不需要理由，但既然對對方抱持著好感，那一定有讓這種情感膨脹的原因。結突然提問，就是想知道這個原因。

我當然是因為她身上的各種優點而喜歡上她的，但其中我最常見到的是她那拚盡全力的樣子。

「我啊，如果就這樣放棄回到過去，選擇和你一起留在這裡。像這種捨棄目標，放棄奔走的我，你還能堂堂正正地說喜歡我嗎？」

「那當……」

那當然。我卻無法馬上回答她這句話。話說回來，我根本沒辦法想像結做出那種事的樣子。

我真心認為無論發生任何事，我都會一直喜歡她。但是我無法確定，如果結真的停下奮鬥的腳步，我能比現在更喜歡她嗎？

最重要的是，我是因為看著一直努力的結，受她影響，才喜歡上她的。

「所以，我會回到過去，保持那個你喜歡上我的樣子。」

「……」

我無話可說，沒有任何可以反駁她的話可說。

我只能接受我不想接受的現實。

為了安撫我，結小小的手掌緊緊地握著我的手。

「嘿嘿。」

手上傳來確實的溫度，讓我感受彼此都真正活著。

「所以，彌一啊，雖然我不知道什麼時候會回到過去，但在那之前，我們就一直在一起，你要好好地牽著我的手喔。」

「……好。」

「不對，只有牽手，好像有點不太夠。」

她說完，表現得有點害羞，但仍凝視著我的眼睛。

「我想要你抱緊我。」

我伸手抱住身邊的結。

這次的擁抱不同於以往，我的大腦確實接收到所有訊息：比我纖細的身體、抱起來舒適的柔軟，足以讓我意識到她是異性。像這樣意識到彼此是異性，讓我們的心情相當澎湃。

為了不讓結發現我發紅的臉，我將她抱得更緊了些。

「啊，好幸福啊。」

結說話時，伴隨著嘆息聲。

可是，不僅嘆息聲，眼淚也開始落下。

「真不想和你分開……」

「……是啊。」

這一刻是我遇到結以來，她唯一展現出脆弱的時刻。

「好想一直保持這樣啊……」

結泣不成聲。

此時我明白，結比我想像的更加在乎著我。

結想要拯救所有過去捲入意外的人，背負著這麼大使命的少女，其實也想當一個與年齡相符的少女而已。

「好想去更多地方啊。」

但是，她卻難以如願。

正因深知這一點，所以才有這種願望。

「想要，一直在一起啊……」

聽到這句話的剎那，我失去了意識。

這句話，彷彿是不可說的咒語一般。

所有的連結瞬間消失。

點和點、時間和時間、生命和生命，過去連結上的所有人事物，到目前為止的歷史皆陸續化成白紙。

全部消失殆盡。

當結說出最後那句話時，以此為界，全部都消失了。

除了結以外，所有霧山村的事物，一切皆消失殆盡。

第六章

連結

我又作夢了嗎？

模糊的影像浮現在我的腦海中。說是眼睛看到的，感覺比較像直接傳送到我的大腦，為了讓感覺更清晰，我輕輕地閉上眼睛。

畫面中有一位少女。

一直都只有她獨自一人。

「因為只剩下我了，所以我必須做些什麼。」

少女每次受挫，都會這樣鼓舞自己。

跨越各個時代、遇見各式各樣的人，少女為了心中的某個信念四處奔走。

不知不覺間，她被冠上了「旅人」的名稱，並且希望和村民們有所接觸。在某個時代，她學到了一些被認為可以避雨的咒語，也從某人那裡學到了避免災害的方法。每次獲得相關資訊，少女便回到過去，繼續穿越著過去和未來。可以拯救多少人？可以挽回多少災難？她一心一意只想著這些事。

一次、兩次、無數次，不肯停歇地嘗試著，少女經過無數次嘗試卻都失敗。
每一次嘗試失敗，她都再一次親眼目睹自己的家人、親近的人的死亡。
最後無論在哪一個時代，少女總是一個人。
即便是現在，她仍獨自一人。
睜開眼睛後，眼前所見的正是那位少女。
她在空無一人的霧山村中獨自哭泣。
「抱歉、對不起，我真的很抱歉……」
她口裡盡是道歉的話語。
「我一個人……好孤單啊……」
少女，在僅剩自己一人的村莊中，低聲哭泣著。
整個村莊除了少女以外的人，全數消失。
整個村莊毫無人煙、寂靜到了一個極不自然的地步。感覺不是所有事物突然消失，而是打從一開始就不存在，或者說這裡安靜得很自然，絲毫不覺得這裡應該存在些什麼。

只不過，在這個寂寥的景色中，有一名少女低頭坐著。

無論我想做什麼，想拭去少女的眼淚、想抱緊她，全部都做不到。

彷彿如同畫面另一端的景象，即使有再強烈的意志也無法移動。

我一直呼喚著少女的名字。即使清楚她聽不見我的叫喚，我仍持續呼喚著。

不知道經過多長時間，雖然發現天空的顏色改變了好幾次，但我並不在意。

接著少女開始慢慢地移動。

少女哭了很久，雙眼都腫了。即便如此她仍站了起來，朝我走過來。

「彌一……」

她叫著我的名字，但是聲音中幾乎沒有任何力量。

「彌一、彌一、彌一。」

少女伸長著手，邊走邊摸索著我的位置。

我為了回應她，不認輸地也伸長了手。讓那個無助、絕望又淚眼婆娑的少女——結，知道我的位置。

正當結的手和我的兩相重疊時。

突然間，視線變得清晰，立刻感受到現實氣息。五感也開始作用，真實感受到自己活著。

是的，過去雖然活著，但心境上可說是完全沒有真實感受。

環顧周遭，眼前看到村莊的廣場，哲也、小雅與真知子阿姨以及各位村民們陸續醒了過來。看樣子大家應該是在村子裡陷入昏睡狀態，整個村子都被施加催眠術一般。

意識完全清醒後，我長嘆了一口氣，結就在我的眼前。

原本該是光彩照人的黑髮，卻像將光反射出去一般黯淡，美麗清澈的大眼睛，現在則是又紅又腫。她的表情像是雨中的棄貓般相當虛弱。

「彌一、彌一！對不起。」

結只是不斷地叫著我的名字，並且一直道歉。

當我以為她會繼續跟我說話時，她卻跑走了，不知道往哪裡去。

「這是怎麼回事？」

我完全搞不清楚狀況。

我和結明明應該在高台，回過神來人卻在廣場裡，而且不僅我們，整個村子裡的人感覺都不太對勁。

「總之，我得去追結才行！」

現在首要任務不是釐清目前的狀況，而是追上結。

雖然不清楚原因，但我的傷勢明顯減輕許多；還有點痛，但不至於無法行走。

結朝山的方向跑去，不知道為什麼她看起來十分緊張。我的直覺告訴我，結就快要消失了。

我漠視身體的疼痛，不加思索地往山上衝。

我心想，結一定上山了，所以我也往山的方向跑去。

大部分和我擦肩而過的村民都不明就裡，異口同聲地說著「我們剛剛在做些什麼啊」，一副不可思議的樣子，看起來都像剛剛睡醒。

其他的地方也傳來驚訝與焦慮的聲音，「什麼！已經過了三天？」原來村民們也一樣，都少了這三天的記憶。

沒錯，我們這些在霧山村的人，每個人都有三天的記憶缺口。

但是，我告訴自己，現在可不是沮喪的時候。

結一定知道霧山村全村發生異常的原因，所以我必須趕快追上她。

「結……」

我來到了「古川神社」。

結在神社前蜷曲著身體，雙臂抱緊自己，彷彿正在畏懼著什麼。

我輕輕地走到她身邊，近看她的表情相當悲痛。感覺像是目睹世界毀滅時的景象。

「彌一……」

她依戀地看著我，之前眼神中所存在的堅強與決心，現在卻完全消失。

「結，妳怎麼了？」

我努力放柔語調，輕輕地喚著。現在的結，脆弱得像是被風一吹就會支離破碎。

「大家都不見了。」

「……」

「哲也、牙牙，還有你，以及村裡所有的人，通通不見了。」

她細數著方才所發生的恐怖經歷。

「我一直在找你們。你突然消失了，我不知道為什麼，所以先回村裡看看，結果那裡『什麼都沒有』。沒有任何村民，也沒有任何東西存在，根本不能稱作村莊。」

「這是……」

我無法正確地理解結話中的意思。那些像夢一般的畫面，其實是我失去意識不久就看到的畫面；記得是整個霧山村消失的景象。

「只剩下看起來已經很久沒人住的廢棄房子，很明顯是幾十年、甚至幾百年以上沒有人使用的廢墟。於是，我思考究竟為什麼會變成這樣；為什麼你和大家會消失？」

她接著說：

「我想先找到記載資訊的《霧山古文書》，但古文書也不見了。正確來說應該是消失了，因為我一直把古文書帶在身邊。」

然後我意識到了。

「都是我害的！」

「都是、妳害的？」

「因為我真心地想要留在這個時代，和你永遠在一起。」

因為心裡有這種想法，所以大家都消失了。結深信不疑地說。

「這到底是怎麼回事？為什麼妳想跟我在一起，會和大家消失有關係……」

說完我才發現。

她說的是《霧山古文書》上記錄的犧牲者人數。

我最早看到的數字是五九四人，當時以為這是最終犧牲者人數。但結曾去過其他時代，所看見的數字為七四八人。聽到這件事，為什麼我會沒想到呢？為什麼我會妄下定論呢？我應該早點想到，若結在那場坍方意外沒有躲到那座神社裡的話——也就是說，如果沒有穿越到未來的結果。

像這樣根據結迄今為止的行動，犧牲者人數皆發生了變化，而影響結果最大的關鍵應該是一開始所採取的措施。第一次時間倒流，應該是影響犧牲者人數最多的。

我最早在《霧山古文書》上看到的犧牲者人數是五九四人，那時，書上同時記錄著有半數以上的村民遭到掩埋。在和我相遇之前，她已經數度回到過去，所改變的結果仍是如此慘烈。

所以──

如果結放棄回到過去，也就是說當結的作為不再影響過去，村子就會反映出意外造成的原有受災狀況，而原本的受災狀況包括……

「所以呢，」

當我得出結論時，結同時間說了這句話。

「本來呢，霧山村啊，」

結告訴我，她即使無計可施，仍努力想挽回的那段過去。

「因那場坍方意外，整個消失了。」

她說。

距今一〇四年前的霧山村慘遭滅村，所以其後代包括哲也、小雅，以及我和其他村民全部都不在了。她接著告訴我：

「然後啊，我發現這件事情後，放棄了和你永遠在一起的念頭，決心要回到過去的那一瞬間，大家就出現了。」

希望在一起卻是分離；放棄在一起後終能相見。無論如何，我們終究無法如願。

太諷刺了！這是世界上最諷刺的事。

「所以，我會回到過去。我必須回去。」

結在得知所有事之後，放棄了現在；獨自消化著這般現實情況，卻仍笑著對我說出這些話。

「如果不這麼做，我最喜歡的人就會消失了。」

這個少女身上背負著村莊的存亡、幾百條人命等所有的責任於己身，她的笑容比任何事更堅強，卻也更苦澀。

結告訴我，三天後她便要回到過去。

雖然很緊急，但如果不決定日期的話，心情便會動搖；而且，一想到自己在現代多作停留，犧牲者人數便會增加，這是她決定三天後啟程的原因。

於是，我們決定花一整天的時間，走遍結想去的地方。

「我想去學校看看。」

「學校？」

「對。經過了一百年，世界也變得完全不一樣了，想去的地方當然很多，但我還是想去看看和我同齡的人所就讀的學校。本來最想看的是你的學校，但實在太遠了，所以你帶我去最近的學校就好。」

我想完成結的願望，因為距離最近的車站，搭車也要花費一個半小時，在這個盛夏烈日下徒步過去實在太冒險，所以我請村長開車帶我們過去。

哲也和小雅也很貼心，沒有跟我們一起出發。

他們的用意是讓我們好好享受兩人時光，我相當感謝他們的體貼。

而且，我想再度向小雅道謝。因為要去學校，小雅機智地讓結穿上制服，並且對我用力地豎起大拇指。

穿上水手服的結，可愛得難以言喻。

結雖然害羞地穿著制服，不過第一次搭車的她，對車子的性能、行進中窗外的景色、車子的各種優點等，每一項都表現了濃厚的興趣。

從汽車轉乘電車時也是，到離學校最近的車站需要三十分鐘車程，在幾乎沒有乘客的電車裡，她似乎很高興。她稚氣的模樣與她的年齡相符。我非常希望她能像其他的高中女生一樣，抱怨著去學校太麻煩了也好；和要好的女同學們暢談戀愛話題也好；我希望她能好好享受這些正值青春時會發生的所有事情，卻不能如願。

她正試圖獨自完成一個普通高中女生永遠無法承擔的沉重責任和使命，並且認為這是理所當然的事情。

這種不該她背負的理所當然，讓人非常悲傷。

然而，當我極力不讓我的想法表現在臉上時，我們抵達了離學校最近的車站。

「這裡就是學校……」

「應該沒錯。」

從最近的車站走路約十分鐘路程，我們走在整修良好且路面平穩的道路上，幾乎沒有車子經過，道路的盡頭就是學校。

附近茂密的綠色美景，與霧山村不同，這裡整體以「城鎮」規劃發展。這裡不僅有真正的便利商店，也具備了學校等現代化設施。

換句話說，這裡是符合想像的鄉村小鎮；而霧山村則是與時代脫節的村莊。

「要進去學校看看嗎？」

「真的嗎！可以進去嗎！？」

「嗯，哲也似乎事先通知過學校，學校同意了。」

我真心佩服哲也的細心。

我們穿過正門走進學校。校園中沒有看見任何社團活動，有種荒廢已久，長期沒有使用的感覺。實際上當然是仍在使用中，教學大樓裡有好幾位老師，旁邊的建築物好像是宿舍，人好像都聚集在那附近。

學校路程遙遠，搭乘汽車加上轉乘電車，花了兩個小時以上才抵達，儘管如此，結臉上看不出一絲疲倦，她對所有事都感興趣，眼神中閃耀著光芒。

「結，我們走吧。」

「嗯！」

我伸出手，結毫不猶豫地牽起我的手。我們就這樣手牽著手一起走進校園。

我們先去了教師辦公室，向老師們說明來訪之事及希望參觀校園。

之後我們隨意地參觀幾乎沒有人的校舍。圖書館、音樂教室，從各個教室到體育館，對結而言這些都是全新的事物，她興奮地笑個不停。

想要借光圖書館藏書的結；想要觸碰音樂教室裡所有樂器的結；對體育館內所有器具感興趣的結，我不想錯過她任何表情。

「呼——太好玩了。學校真的好神奇啊。」

「因為選擇很豐富嘛。」

和一百年前的學校相比，這所學校相當地多元化，也展現了校園隨著時代在進步。作為學習場所，有各種各樣的既定用途，充分顯示了這麼長時間以來所帶來的變化。

結兩種樣貌都看過，當然會不斷地吃驚。

日落時分，我和結走進一間不大的教室，一起坐在窗邊的座位上。西沉的太陽染成朱紅色時，陰影開始在窗外的世界漸漸擴散。彷彿夕陽將一切不合時宜的東西全藏了起來。

整個氣氛好似正要舉行什麼自白活動一般。

「這就是人家常說的青春了吧。」

「青春？」

「嗯，寫作青色的春天，青春。我認為是我們這個年齡的人，本來應該享受的事物；儘管多愁善感又情緒不穩定，也能抱著夢想與希望莽莽撞撞地去闖蕩的時期。所以有人把人生比喻為四季，而這個階段就叫做青春。」

我覺得這和我關係不大。我懷抱夢想卻無人理解，一直過著談不上青春的時間；結則是因為身為巫女的職責，失去的東西與遭剝奪的時間相當的多，可想而知，她在扛著這些重擔之下，不可能過得上能夠稱為青春的日子。

「就算這樣……」

「嗯！」

「我們兩個現在……」

「正當青春！」

從結論來說就是這樣。

我遇上結，結遇到了我。然後時間開始流逝，我們反覆莽撞行事；時而互相幫助，時而相互碰撞，最後愛上彼此。

毫無疑問的，這就是青春。

我一直覺得自己愧對這個詞，直到我遇上了結，才真正感受到青春。

我深刻地體會到，自己的時間真的開始流動了。

正因如此，我想要再往前多邁一步；我取出早已準備好的東西。

「我想讓妳聽一聽這個。」

「這是什麼？」

我取出了手機，還有某天偷偷去倉庫拿《霧山古文書》時，順道一起帶出來的耳機。

「我之前也和妳說過，我有個夢想，但父母不認可，所以我才離家出走來到霧山村。」

那是個帶著不受認可的無力感與焦躁感，耍著脾氣逃跑、相當可悲的自己。雖然我試圖掩飾，但我還是希望能讓啟蒙我夢想的結，親自聽聽我為了夢想付出諸多努力的結果。

我將單邊耳機遞給結。

「妳把這個放進耳朵看看，可以聽見音樂。」

我說著，也戴上另外一邊的耳機。

在朦朧的黑暗中，夕陽是唯一的光源，時間平靜且悠然地流逝著。

接著，我播放了那首歌。

我和結將意識集中於聽覺上，全心全意地聆聽著旋律。海風、迎風搖曳的海浪、海面上的粼粼波光。豐富的音色，讓人感覺宛如剪下了一整個夏天的景色，而且相當平靜，毫無喧囂。與其說這景象像是海灘，更像是兩個人待在一個僻靜的海灣裡。這感覺相當熟悉，彷彿像是喚醒了沉睡在內心深處、遙遠的盛夏記憶一般。

「好好聽……」

結輕輕地吐出感想，而接下來的音符又抓住了她的聽覺。

「……」

樂音突然加快，加速的旋律，像要擾亂聽者的呼吸節奏，充滿著壓迫感，聽起來不算舒服。彷彿天氣突然惡化，夜晚伴隨著雷雨席捲而來。

但說也奇怪，一到了夜晚，壓迫感立刻消失，又重新回歸平靜。

最後播放的是，那一段旋律。

「比海還深，比天還高，獻給身處遙遠彼方的你。」

這就是那天結所哼唱的片段與音色，也是讓我懷抱作曲家夢想的契機。所以，雖然我唱得不好，但我還是演唱了那個片段，為了獻給告訴我這首歌曲的妳。

「這個是……」

結聽完之後立刻露出了驚訝的表情。

「這就是我一直在努力的成果。」

我們雙雙放下耳機，面向彼此。

「那天，我發生意外，妳救了我，我聽見妳口中哼唱的歌曲，一直忘不了，所以才開始自己學著作曲。這就是我的夢想。」

「原來是這樣……」

「沒有人願意理解我，『況且只有一小部分的人才能獲得成功』，這種話我聽得耳朵都長繭了，但我的夢想卻不同。作出好曲子的確很重要，但作出人們喜歡的曲子也很重要，可是對我而言，我最主要的目的是，只要大家聽到我剛剛放的這首歌能感覺滿意就好。」
打著夢想是作曲家的名號，事實上只是對記憶中深植的旋律致敬而已，完全就是自我滿足行為。
不過——
「可是，這就是我最大的目標，而我持續追求這個目標的結果，就是來到了霧山村和妳相遇。而這首曲子，正是為了現在這個時刻和妳而存在的。」
「彌一，我好高興，這首歌對我來說非常特別。這首歌連結著我的過去和未來，無論何時都讓我感覺到自己不孤單，這首歌也包含了這層意義。從小時候開始，每當我哭泣時媽媽都會唱給我聽喔。」
結懷念地說。
正如這首歌所包含的意義一般，過去和未來就這麼連結起來了。
「雖然妳說拯救因意外而喪生的村民是妳的使命，這麼說的話，我不禁覺得能作好這首歌、能和妳相遇等一切都是為了實現我的使命——幫助並引導妳。」

我說了這些當作前言，接下來是我真正想說的話。

「從妳選擇前往未來時開始，我們便已連結在一起。所有事看起來雖然像是巧合，但一切一定都是為了讓我們在這個時間點相遇。我們彼此連結著，無論現在、未來，無論何時何地。」

「彌一……」

我很確定，結對於將我捲入其中，讓我有不快的回憶感到相當自責。我很清楚，她就是這樣的人。

「然後我們彼此喜歡，我打從心底認為，能遇上妳真的太好了。」

所以，我接著說。

「方才歌詞的後半部，一定是這樣的。」

——獻給身在世界上最遙不可及卻又近在咫尺的妳。

說完，我和結的影子兩相重疊。在夕陽逆光下，我們的剪影一直都是一體的。

方才放下的耳機中傳出微弱的聲音，開始重複播放的曲子，將逐漸變成我和結的回憶。

還有兩天。

「這表示犧牲者人數，已經達到妳的期望值了嗎？」

「沒錯，因為有你的幫忙，我才能走到現在。」

剩下的兩天時間，我們形影不離地一起度過。

我們手牽著手走在村子裡。我驕傲地舉起雙手，讓村裡取笑我的孩子們看個仔細；同時我也建議哲也更積極地追求內向的小雅。

看著我們坦然面對的樣子，哲也似乎也察覺著結的決定。而且，到了這個節骨眼，我也無法再挽留結。

結能夠和大家和睦相處，回到原本的時代一定也很受歡迎。即使離開這裡，只要結能夠在霧山村建立起幸福，我決定放下一切。

「結，妳回到原本的時代後，一定要幸福喔。」

「你真是斯文有禮。不過，我知道的，我不會妥協自己的幸福。所以你也要幸福喔。」

「那當然。」

「在沒有妳的日常生活裡發現幸福，或許有點辛苦，但我既然說出口，只能努力去做了。」

「不過，說不定我會遇見妳的曾孫喔。」

「什麼！我不喜歡那樣。這是要我嫉妒自己的子孫嗎？」

「又或許，我能在霧山村和妳再相見。」

「那個時候，我已經超過一百歲了，不知道能不能健康地活著呀？」

內容毫無營養卻很愉快的對話。

「可是，要找到比彌一好的人，可不太容易啊。」

「我也是啊，我沒有把握能找到比妳更可愛的人。」

說這些話，已經不會感到害臊了，一直笑得很開心。

現場的許多村民一直守望著我們，對我們投來溫暖的目光，大家都認可結的存在，也認可我們的關係。我很喜歡這樣的氣氛，我想讓大家都記住她，而非只存在於我的記憶中。

因為結是這個村的救星。因為她是延續大家的性命與生活的女英雄。

到了晚上，我們依然談著天。

我們死纏爛打地拜託真知子阿姨，終於獲得同意，讓我們可以在客房裡共度一晚；直到最後我們都能在一起。

真知子阿姨雖然不完全瞭解我們的狀況，但仍一口答應我們這個乍聽之下不太純潔的願望。

「妳已經想好回到過去後要怎麼解救大家了嗎？」

躺在床上，我問出一直掛心的問題。

即便回到過去，單單如此是無法減少犧牲者人數的。結必須利用從未來得到的知識，親自去做些措施來改變結果。

「當然想好了。正是因為想到了方法，所以我才認真考慮回到過去的事情。」

「我覺得一定是我想到了這個方法，《霧山古文書》上的犧牲者人數才會減少。」結接著說。

「什麼方法？」

「嗯，我剛來到這個時代就發現一件事。」

應該是在準備試膽大會的時候。

「之前我總是在想，要怎麼從坍方意外中解救村民，或是思考如何減低降雨水帶來的影響。」

「是因為舉辦了『祈豐祭』嗎？」

「沒錯。一年一度祈求五穀豐收的『祈豐祭』具有強烈的意義，是村民們為了能夠安心生活而舉行的。所以儘管天候不佳，『祈豐祭』仍會照常舉行，一舉行就會有許多村民參加，並且在神社外守著我，這對我及所有村民而言是理所當然的事。在我心中，進入山區是最大的前提條件。但是，當我來到這個時代，我聽到舉辦試膽大會的原因時，嚇了一跳。」

當時因為我的記憶也很混亂，一下子沒想明白，但不知為何心裡有股自己必須積極協助準備工作才行的感覺。結這麼說。結論就是某種使命感驅使她去做這些事。

「試膽大會的目的，是要讓孩子對山產生恐懼心理，讓他們不敢靠近山區對吧？」

聽到這句話，我開始意識到之前不曾出現過的思考方式，所以我只要阻止大家接近山區就可以了。

「妳該不會想在『祈豐祭』當天辦一場嚇走所有村民的試膽大會吧！？」

「很接近了。不過，我的方法更確定村民不會接近山區。」

雖然結沒有說明是什麼方式，但似乎確定自己可以毫無疑問地解救所有人。或許《霧山古文書》上的犧牲者人數歸零，證實她的想法，換句話說，也替她增加了自信。

「還有一件事，你記得我們之前一起回到過去時，神社的門打不開嗎？」

「當然記得，那時候還擔心不知道會怎麼樣……」

「我想我明白為什麼會發生那種事了，不過也是哲也的建議讓我想通的。」

對於那個謎團，我本來已經呈現半放棄狀態了。但我沒想到居然還有背後原因。

「哲也說，是因為出現了時間悖論。」

「時間悖論……」

那是時間回溯所產生的矛盾。比如說，回到自己出生之前的時間，然後殺死自己的父母，此時因為雙親死亡自己便不會出生，但如果自己不出生也就無法殺死父母，這種無解的矛盾就稱作時間悖論。

「簡單來說，就是同一時間裡有兩個一模一樣的人不合邏輯，因此我們無法前往自己已經存在的那個時間點。所以那時我們才開不了神社的門。」

「那，那時候門突然打得開，我們也成功回到過去，這又是為什麼？」

「你記得我們回去的時間點，是什麼時候嗎？」

「這個嘛……對喔！是我們失蹤，大家忙著尋找我們的那一天……」

「也就是說？」

「啊！原來是這樣！那時我們並不在村裡……也就是說進入神社的時間等同於我們不存在於這世界上的時間，所以不會引發時間悖論，所以只能回到那個時刻！」

謎底解開的一刻。

後來我們一整晚都在聊天。一同回憶共同度過的夏天、瑣碎的日常，以及互相說著自己一直以來的生活模式。

我拿智慧型手機讓她看了現代東京的照片，和遊樂園等娛樂設施的照片，她雙眼發亮，對每一項都很有興趣。

「好想去一次啊。」

「我隨時可以帶妳去。」

「嗯。」

只能做出這種口頭承諾未免太難受、太不甘心了。

即便如此，結依然對我展露笑容，這樣就好了。

「對了，這個給妳。」

我將前幾天使用的耳機和手機交給她。雖然說是手機，但撥打電話的功能已經失效，剩下聽音樂功能的空殼子。

「可以嗎？」

「嗯，在神社裡面也很無聊，我希望妳帶著這個當成是我。計時器的功能應該也還能使用。」

「謝謝你。當作你的替身呀，這樣的話，我就天下無敵了呢。」

「什麼無敵，太誇張了啦。」

「才不會，有這個我就可以好好努力了。」

看見她這麼喜歡，讓我感到很滿足。

「……奇怪。」

和結說話的同時，突然有一股強烈的睡意襲來。

我還想和結多說一會兒話。因為知道能在一起的時間不多，甚至連睡眠時間都覺得可惜，但我仍無法抵抗撲面而來的睡魔……

「彌一，真的謝謝你。」

聽見這句話時，最後感受到的是臉頰上的柔軟觸感，我的意識進入了睡眠。

醒來後，村子裡感覺很熱鬧。

三天後要舉辦「祈豐祭」，大家應該是開始準備工作。村民們忙忙碌碌，大家活動著身體，彷彿在填補前幾天村莊裡發生的三天空白期。

「奇怪？結去哪了？」

本來和我一起共寢的結，現在卻不見蹤影。

昨天的記憶也很模糊。我記得我們談天談得很愉快，但不記得自己和結是什麼時候睡著的。

「應該是太累了吧。」

但是對於想多爭取和結相處時間的我來說，結不在可是個大問題。記得她說今天是她留在這個時代的最後一天。雖說古川神社擁有神奇的時間倒流能力，但要回溯一〇四年也是需要花費一些時間。因為她跟我說過今天要做一些前置作業，應該還沒有回去。

我找遍整個房子，還是沒看見結。但取而代之的是我在查看各個房間時，在哲也房間的角落發現被藏起來的《霧山古文書》。前幾天霧山村消失的時候，由於記錄的人不在世上，《霧山古文書》也跟著消失，但既然我們都回來了，同理可證，《霧山古文書》也一樣存在。

不知道是結還是哲也藏的，本來失蹤的《霧山古文書》又重新出現在這裡。

無論如何，我翻開了古文書。最近都放在結那裡，我沒辦法確認內容。如果結已經達成她的目的，那麼文書記載的內容應該會和我上次看過的大不相同。

我熟悉地翻開記錄坍方意外的頁面；這也是我翻開過好幾次，隨著內容變化和結一起心情起伏，令人感慨萬千的頁面。

如我所預期的，同時也如結所言，本來寫著犧牲者的欄位通通消失了。

初次見到那令我吃驚、長長的犧牲者名單已不存在。看見這結果，我開心得幾乎要大叫，可是我沒有漏看那關鍵的文字。

「一名村民因坍方意外而死亡。」

一句簡單的文字。

並且，上面的姓名是「古川結」。

上面寫著，唯有在山中的巫女，沒能及時從坍方意外中逃脫。

「騙人吧……」

如果可以，我想親自給妳幸福。

可是，儘管困難，即便讓她幸福的對象不是我，只要她能在某處幸福地笑著，過著平穩的生活的話便好。於是我尊重她的意願，即使承受著分離的痛苦也要推她一把。

「然而……」

結一直那麼努力，獨自一人背負一切，為什麼只有她得不到回報呢？到底是怎麼回事！

結的努力、結的行為，幫助了眾多村民，卻完全沒有在歷史上留下紀錄，那個時代的人沒有任何人記得。明明應該受到表揚的。即便如此，她卻毫不在意，她依然笑容滿面；但卻總是獨自一人。甚至臨死之際還是孤伶伶的，未免太殘酷了。

不知不覺，我來到了「古川神社」。

雖然不知道自己因何憤怒，但我現在全身充滿了怒氣。

「奧村君？」

來到神社小雅、哲也都在，當然結也在。

小雅和哲也是「祈豐祭」的重要人員，我本來以為他們會忙於準備祭典，為什麼會出現在「古川神社」？而且還帶著大量的行李。

「你們兩個在做什麼？」

其實一看就知道。

「我們在幫結的忙。」

哲也冷冷地回答。

「這話該我問你吧。既然起床了，快來幫忙。」

看來，他們正幫結把回到過去需要的物品搬到神社前面。

我沒有參與幫忙，而是說出自己的目的。

「我是來阻止結回去的。」

我轉開視線，不看哲也和小雅，而是朝結筆直地走過去，

「我沒有辦法就這樣讓妳回去。」

「彌一……」

她的表情意味著什麼呢？是覺得我已經到了這個階段還想挽留她而驚訝；還是單純因為我這麼強勢地留她下來而驚訝？

「我看過《霧山古文書》了。」

一聽到我說的話，結瞪大了雙眼。

「你怎麼會看到！？」

這個反應告訴我，《霧山古文書》是結藏起來不讓我看的。雖然我不知道她是交付給哲也還是自己藏在房間裡，但我今天能看到古文書，一定是個巧合。

結已經知道書上寫著自己的命運，仍決定回到過去，不讓我知道。

「哲也、小雅，不好意思，能不能讓我和結獨處一會兒。」

我說的話，有種連自己都訝異的沉重感。

哲也看著我，本來想說些什麼，最後什麼也沒說，順應了我的要求。

或許哲也他們會躲在附近的樹林裡偷聽，但那也無所謂。我只是想和結兩個人好好地說話而已。

「結，我再說一次，我沒有辦法就這樣讓妳回去。」

「不行，我做不到……」

「我怎麼可能讓妳回去！」

畢竟。

「因為妳……」

我咬緊牙關。

「妳會沒命的啊！？」

「嗯。」

「妳知道這是自尋死路嗎！？」

「我知道。」

「就算成功改變過去，妳也不會存在啊！？」

「我知道、我知道！！」

結清楚一切，她仍下定決心。她決定離開這個時代、決定和我分開、決定拯救大家，而且也做好了只有自己一人會死去的心理準備。

「那妳為什麼要回去？」

「我只能回去，因為我知道如果不回去會發生什麼事。況且我也知道，我採取的行動可以拯救許多性命。」

「妳這是……」

「我想拯救大家，無論是我自己的家人、我從小長大的村莊、未來的一切，還有我最喜歡的你。」

「……」

「只有自己能拯救最愛的人，你不覺得這很美好嗎？」

說完，她露出整齊的皓齒，用力地「嘻」了一聲。

她真的下定了決心，我不禁想。

仔細一看，她清秀的臉龐有些浮腫，眼角泛紅腫脹著。但卻仍然笑著。無論多辛苦、多艱難、多寂寞，多麼地悲傷，至少最後一刻還是想對我笑，想讓我看見她活力十足的笑容，她堅強的心情一五一十地傳達了出來。

「所以我要回去，即便我會死亡。如果我的性命可以連結接下來的新生命，連結到未來，那也無妨。」

「結……」

我緊緊地抱住她。

其實我早知道最後會變成這樣；知道自己阻止不了她，也無法和她一起去。我想過和她一起去，只要能幫上結，自己也死不足惜。可是這樣會踐踏結之前的想法，反而讓她更痛苦。

所以，我只能放手，讓她走。

我絕對不會忘記結；不只救了我一次，還想救我第二次的結；教會我關愛他人的力量的結。

「我愛妳……」

「我也愛你。」

「好愛妳……真的好愛好愛妳……」

「嗯，我也好愛好愛你。」

「我會一直在妳身邊……儘管距離遙遠，我會一直在妳身邊……一直一直……」

「我知道，我知道……」

身體被我用力抱緊的結，沒有抱怨，只是用環著我的手輕輕地撫著我的後背。充滿慈愛又溫柔的小手，雖然纖細卻充滿安心感的手——我深愛之人的手。

可是，那隻手下一秒卻伸向了神社的門。

「結！！」

我的呼喊聲換來一陣空虛。

結從我的面前、從這個時代消失了，只剩下我後背上殘留的觸感。

第七章

致百年後的你

隔天，我有種莫名的感覺。

整個霧山村比起平時看起來更顯喧譁熱鬧，但卻不是因為忙著準備祭典，總感覺有其他的原因。

雖然只是直覺，在我心中總有種格格不入的感覺。

「結。」

突然間，這個詞就脫口而出。

我知道這是我的慣性反應，嘴巴已經習慣說出這個應該是名字的單詞了。

可是，結是誰呢？

這個夏天陪著我的人是哲也和小雅，以及真知子阿姨等一群大人。

和我到處東奔西跑的那群孩子裡，也沒有人叫做結。

而且，不知道為什麼。

每次想起、說出這個名字，我的胸口總是莫名地感到一陣痛楚。

「呃，嗚……怎麼回事？為什麼這麼難受！」

揮之不去的苦楚，彷彿在啃食著我的心。

又隔一天，那種格格不入的感覺更加明顯了。

霧山村是個邊境小村莊，這種熱烈盛大的景象，和過去有顯著的差異。

粗估來看，我覺得人數至少增加了兩倍以上。

我本來以為他們是來參加「祈豐祭」的外地遊客，但村裡似乎尚未開始經營民宿。

而且，好像村莊的面積範圍也大了許多。

只經過一個晚上，村莊面積就大幅增加根本不可能，但我卻親眼看見了。

這感覺實在太不對勁了。

況且，我覺得自己好像遺忘了什麼非常重要的事情。

我的心裡好像開了一個大洞，不知為何感到十分寂寞。

明明轉頭一看身邊沒有人；手上沒有牽著誰的手，山裡也沒有人在。

我不知道自己在尋找些什麼，彷彿冥冥中有股力量驅使著我移動雙腳。

順帶一提，好像決定要開拓正前方那座斑駁的山了。

斑駁的地方看起來不美觀，這又是具有特殊意義的地方，所以他們打算開拓這片山，延伸村莊範圍，打造成一個能夠俯瞰海洋的霧山村。

說真的，我跟這個村莊其實沒什麼關係，但我就是覺得沒興趣。

不知道為什麼，我覺得很不開心。

儘管，我也不明白自己到底為什麼會有這種想法。

又過了一天，霧山村可說是人山人海。

因為暑假即將結束，今天是收假的前一天。

「祈豐祭」當天觀光客很多，再加上幾年前已經慢慢地開拓附近幾座山，群山圍繞又可遠眺海洋的霧山村中，有很多神秘的地方尚未被發現；以旅遊景點來說，霧山村已經開始建立起新的地位。

此外，近年來的「祈豐祭」，巫女向山和海祈願，並施放煙火，搭配優越的地理位置，也成為了一大奇觀。

「雅，加油。」

「小雅，加油呀！」

我和哲也目送擔任巫女的小雅前往祭典會場。

這個近一百年來舉行的「祈豐祭」除了是祈求豐收的祭典外，似乎同時也是哀悼一名少女的儀式。

這個村子曾遭遇過巨大的坍方意外，一名少女率先出來拯救大家，這個儀式也是為了表達對她的謝意。

「坍方意外，是嗎……」

這個詞語一直在我腦中揮之不去，但我依舊不清楚是何原因。

「這座群山環繞的村子要是發生坍方意外，那可是會滅村的啊。」

我脫口而出的話，也只不過是我對意外某種程度的想像而已。

我無法想像，當時的人得經歷什麼。

「祈豐祭」的重頭戲，巫女的祈禱儀式好像開始了。

小雅穿著巫女服飾，站在設計成神社的舞台之上。

身形修長的小雅穿上合身和服，真的很漂亮。

可是，是我出現幻覺了嗎？

看著小雅，我的視野中出現了重疊的身影。

嬌小纖細的身體，雖然和小雅一點也不像，我卻將她和小雅的巫女姿態兩相重疊。

「這是……怎麼回事？」

原本在我身旁欣賞著自己未來配偶美妙身影的哲也，臉上突然出現一絲擔心地看著我，不過也僅有一瞬間。

站在祭壇上的小雅，閉著雙眼，雙手合十，開始祈禱儀式，接著頭上便出現了一記碩大的煙火。

近在咫尺的爆裂聲，幾乎要震破我的耳膜。我停下思考，和大家一起仰望著夜空。

伴隨著巫女祈禱而在夜空綻放的大型煙火，形成一種奇幻的氛圍。

盛大的煙火接二連三地升空，每次綻放皆引起眾人的歡呼聲。

這的確是可以成為推廣霧山村的一人觀光名勝。

山海之間、煙火以及巫女，能夠同時近距離欣賞這些元素的地方，可找不到第二個了。

活動重點的煙火結束後，人群漸漸散去。

有些人返回租借的民宿，有些則是前往停車場。

但仍有些人留在會場，看樣子「祈豐祭」尚未落幕。

煙火施放完畢之後，巫女向大家說明有關這個霧山村過去所發生的事。

如今的霧山村村民眾多、觀光客絡繹不絕，但過去是個群山環繞，地理位置不佳，基本上只能勉強自給自足的小村莊。

因此，為了祈求作物能夠豐收，才會有這樣的祭典儀式。

一開始是簡單介紹霧山村的歷史背景，說著說著就說到別的事情了。
小雅站在祭壇，翻開一本有如古籍般的書冊。
「那是……」
不知道為什麼我有股很強烈的熟悉感。
這個夏天，我只不過是因為離家出走才來到這個村子，當然沒有接觸過與祭典相關的書冊，但我對小雅手上的書冊卻感到一股無可抗拒的使命感。
這不斷在我身體裡翻騰的情緒，究竟是什麼？
這股情緒已經超過不協調感的範疇之外了。
「距今一〇四年前，有如今日舉行『祈豐祭』的日子，本霧山村曾遭到大規模土石流襲擊。和如今不同，當時的祭典在位於山中的神社舉行，為了進行祭祀儀式，即便知道會降下豪雨，仍然必須進入山中……」
小雅繼續解說著當年的事。
在祈豐祭當天降下豪雨的事、在已知危險下仍堅持舉行祭祀儀式的事。

還有，當時的巫女放棄進行儀式的事。

「當時的巫女，在確認豪雨帶來的危險性後下了山，拋棄了身為巫女最重要的職責，沒有如期進行祭祀儀式。即便危險，身為祭祀要角的巫女也必須完成自己的使命，但當時的巫女卻沒有這麼做。村民們紛紛發出無法接受及批判的言論，但巫女卻執意不肯入山，反而開始做些已經無法稱為惡作劇的惡行。她拿著沒有人見過的道具，恐嚇每個想要接近山區的人，甚至威脅想要代替巫女執行儀式的人。」

真是個無厘頭的巫女。

我還真想見見做出這些壞事的巫女呢。我不自覺想。

她一定是位很有趣的人。

「巫女多次呼籲大家『會發生土石流，大家千萬不要靠近』，但對當時自給自足的村民來說，祈求一整年豐收的『祈豐祭』至關重要，所以他們不聽從巫女勸告，執意執行祭典。」

也就是說，大家認為比起擔心那不確定是否發生的山難，應該優先舉行能讓村民安心一整年的祭典才是。

巫女是祭祀儀式的重要角色，會長時間待在山裡，等同於置身危險之中。

儘管巫女持強烈反對意見，由於少數必須服從多數這種不明理的規定，沒有人願意支持巫女。

「但是巫女卻沒有放棄阻止大家上山，她的行為看起來雖像保護自身安全，她的口中卻反覆說著『我是為了保護村民』。」

「我一定要保護這個村的所有村民。」

突然間，我彷彿聽見了一陣鈴聲。

清新且乾淨的聲音。

一個令我心頭一震卻能讓我放下心來的奇妙聲音。

我發現自己知道這聲音的主人是誰。

可是環顧四周後，卻沒有看見我認為的那個人。

「彌一，你怎麼了？」

「沒什麼……」

「你的表情看起來很痛苦，身體不舒服嗎？」

「我沒事。」

我好像露出了痛苦的表情。

可是我卻不明白自己為什麼會這樣。

「最後『祈豐祭』仍決定照常舉行，但巫女卻採取了令人匪夷所思的行動。」

小雅如吊著觀眾胃口般，說完的瞬間，同時點著了排列在四周的火把。

「巫女放火點燃了那座進行儀式的山。雖然豪雨影響加上風勢強勁，火勢不足以過度蔓延，但放火燒山的行為，已經足夠阻止村民上山。住在群山環繞的霧山村村民，大家對火燒山十分敏感，一聽到火災消息，立刻中止了祭典。」

「妳該不會想在『祈豐祭』當天辦一場嚇走所有村民的試膽大會吧？」

「很接近了。不過，我的方法更確定村民不會接近山區。」

沒想到，確定讓村民無法接近山區的方法居然是放火燒山，這已經超過訝異的程度，實在讓人哭笑不得。

我記得我曾和誰一來一往談論過這件事。

記憶中的她，臉上像蒙了一層霧，看不清楚面貌。我一定忘記了什麼重要的事情，必須想起來才行。

「『祈豐祭』中止後，巫女對大家坦承自己放火燒山的事情，引起眾人的憤怒。即便如此，她也不受影響，半威脅地引導大家盡可能地離開山區。當大家離山區有一段距離時，意外發生了。伴隨著村中發出轟隆巨響聲，眼前的山體開始崩落。」

這就是襲擊村莊的土石流吧。

「最後，巫女的行動拯救了整個村莊的人。村民有的猜想她有預知能力，有的說她可能是未來的人回來拯救大家。土石坍方雖造成村莊大半毀損，所幸沒有任何人員傷亡，讓眾人放寬了心。此時，有位女性喊著『我的孩子不見了。』」

因為她曾說不想犧牲任何人，所以我知道她一定會有所作為。

「巫女立刻衝了出去，在豪雨中奔向土石坍方的位置，尋找失蹤的孩子。看著她的英姿，現場再也沒有人繼續抱怨。幸運的是，孩子並沒有遭坍方吞沒，只是受了輕傷。當巫女揹著孩子想要回到大家聚集的地方時，發生了第二次巨響，土石流夾帶著更多的砂石，直逼他們眼前，巫女為了保護孩子，抱緊了孩子……」

那是一場難以言喻、難以想像的巨大悲劇。

少女憑一己之身各處奔走，努力守護所有一切。

這種結束生命的方式，未免太殘酷了。

「然而，有一件事必須告訴大家。巫女所保護的孩子，也就是我，奇蹟般地獲救了，我在這裡記下當時的經歷，以便日後傳承。署名奧村彌彥。」

「……」

我說不出話來。

奧村彌彥是我的曾祖父。

他也受過結的救命之恩。

然後，生命就這樣連結到我這一代。

當聽完小雅所說的故事後，我的記憶全都恢復了。

我想起了和她的相遇、別離，以及她完成使命的結果。

只有我知道，霧山村如今這般繁榮，開拓工程也順利地進行著，全要歸功於結在一〇四年前的那天拯救了一切。

並且留下了這樣的紀錄。

結最終貫徹了一切；貫徹了自己的意志、目的和信念，因此完成了自己的心願，成功改變了未來。

她在那一天，將霧山村的總總成功運結至未來。

「喂！彌一，你怎麼回事？」

「什麼？」

「你為什麼哭？」

「……嗚、嗚啊啊啊啊！」

我克制不住悲傷，止不住眼淚。

「啊……因為……結她……」

「……」

「可是……結果她……還是死了，太不公平了……」

我的聲音因哭泣而沙啞著，在嘈雜的喧囂中，微弱地迴響著。

我哭得一把鼻涕一把眼淚，實在不適合見人，不過完成祭祀儀式的小雅與她的村長父親，來到我面前。

應該是想對我說有關我曾祖父的事情吧。

「彌一。」

聽見村長叫喚，我自然地端正起儀態。

我挺直背脊，但留意著不過度僵硬。

「請問有什麼事？」

「你覺得『祈豐祭』怎麼樣？」

「怎麼說呢，整個祭典都很棒，祈禱儀式和煙火都很美，能聽到最後的故事我也很高興……」

這是我最真實的心情。

「這是對主辦方而言最棒的感想了。對了，彌一君，你是不是認識古川結小姐？」

「……！？」

出現了一個意想不到的名字。

至少，不是現在該出現的名字。

「從你的反應看來，應該是認識了。雖然我不清楚你和一百年前的古川結小姐有什麼連結，不過她既然直接救下了你曾祖父彌彥先生的性命，或許有什麼聯繫點。」

一時之間，我完全不懂村長在說些什麼。

與其說不懂，應該是村長一直沒有說出話題的核心。

「也就是說呢，前人們告訴我，如果哪天有個和霧山村有緣的高中生奧村彌一來到村裡，就把這個交給他。」

村長說完，站在一旁等候的小雅，拿出一卷書冊——《霧山古文書》交到我手上。

雖然我有印象，但看起來和我之前拿過的文書好像是完全不一樣的東西。

「這是剛才小雅唸的文書副本嗎？」

「不是，這本才是正本。正本交給你，副本在『祈豐祭』上使用。」

交到我手上的《霧山古文書》正本，看起來比副本更有歲月的痕跡，充分說明了這是從一百多年前留下來的古物。

「這其中，剛才小雅唸的只是前半段內容，後半段是我們沒有人看過的內容，而且特地註明了只有彌一可以閱讀。我們遵從拯救村莊的恩人古川結之言，沒有任何人看過後半段。我想，可能有什麼歷史價值的內容，或是和這座村莊有關的重要之事，若真是如此，希望你能告訴我。」

村長連珠砲似地說著。

他一定是壓抑了自己想看卻不得的欲望吧。

可是，我沒想到應是百年前之人的結，居然會留信給我。

回過神來，村長、小雅以及一旁的哲也，都已經離開了。

一定是在意我的心情吧。

我緩緩地翻開《霧山古文書》

前半段正如村長所言，小雅在祭典儀式中所讀的是關於這座村莊以及結的英勇事蹟。

我一頁一頁認真往下讀。

然而，一到了後半段，裡面的紙感覺更加古老，要讀清文字也更費力。

可是，仔細一看，這不該屬於百年前的東西，反而像是我常見的、各處皆有販售的活頁紙。

並且，從第一行字開始，我就清楚知道這是我熟悉的女孩所寫的字。

「首先，如果拿起這封信的人不是高中生奧村彌一的話，請將此信收好，不要閱讀此信。並且，請幫我轉交給生於一百年後的他。

致百年後的你

我在這封信中，寫下我的心情。

要回到一百年前，必須在神社中停留六天半以上，思緒一轉，我發現自己一直都在想著你。

所以我想寫封信給你，我拿牙牙給我的叫做筆記本？的東西寫給你。

可能我回到過去後，所有事都會恢復原狀，你就不會記得我了。這樣的話我會很尷尬，所以請你當作沒看過這封信。

我們認識的契機，是你偶然間發現我在神社裡睡覺。

如果當時你沒有發現我的話，我不知道會前往多久之後的未來。

我也給你添了很多麻煩呢。

你總是很照顧我，明明自己害怕回到過去的實驗，卻還是陪著我。

真的很謝謝你。

不過，我也沒想到，我的初戀情人居然是一百年後的人。

當然不可能想到的。

對你來說，我是一個大你一百歲以上的老奶奶嘛。

嘿嘿，我可是比你大很多很多歲喔！

現在，你的時代是什麼樣子的呢？

大家臉上都充滿笑容吧。如果我成功救了大家，那麼一定會變得更加繁榮、熱鬧吧。至少，在我出生的年代，這裡有更多的人，而且總是很熱鬧。村裡的每個村民，大家都是朋友、家人，我非常喜歡這樣的距離感。也因為如此，我無論如何都要救他們。

《霧山古文書》中，最後寫著我的名字，雖然我有可能無法得救，但我不是特地去赴死，我一定會試著奮力抵抗。

我希望你能在未來見證我努力的成果。

請替我好好確認發生了什麼變化，留下了什麼結果。或許這又是給你添麻煩，不過還是拜託你。我相信你一定會幫我這個忙。
況且，我是連結人與人之間，與人締結緣分的結呀，
我一定會連結所有村民的緣分，不讓緣分消失的。
因為，你也已經是霧山村家人的一分子。
或者說，我和你也是一種成功連結，

和你牽手、被你擁在懷中，這些感覺我現在仍然記得。
我真的好高興。
還有你帶我去學校，對我述說你的夢想，以及讓你懷抱夢想的那次相遇。
所有的一切，都讓我覺得好快樂，

怎麼辦，一想到你，我就無法克制自己的心情了。
好想見你啊。
好想跟你在一起啊。

好想聽聽你的聲音啊。
好想再感受你的溫柔啊。
有太多太多想和你一起做的事了。
所以，為了不要後悔，我把所有的感情都寫在信裡。
想到你會讀到這句話，我就很難為情，不過那時候我已經不在了，先說先贏嘍！

我，古川結，深愛著你奧村彌一。

結果，我想說的其實只有這句話。
為了告訴你這件事，所以寫下這封信。
和你相遇真的太好了。
這是我的心聲。

真的很謝謝你。
雖然還有很多想說的話，還想繼續對你表白，但我該走了。
所以，我要出去了。
我要去拯救大家。
我出發了。

最後，讓我說一件浪漫的事。
你之前給我的可以聽音樂的計時器？我用它計時我寫這封信花了多少時間，居然花了兩個小時！
在神社裡的兩小時，等同於現實時間已經過了一年半，
所以這封情書應該是世界上花最長時間寫的情書對吧？
嘿嘿，怎麼樣？
是不是覺得很美妙啊？」

尾聲

在那之後。

我回到家後，父母親對我離家出走一事，狠狠地責備了一番。

即便如此，我仍毫不退讓，對他們說明我離家出走的原因以及我想做的事情。一段時間後，終於獲得他們的認可，也開始為我的努力加油打氣。

之後又過了三年。

我上了大學，一邊上學一邊追逐著成為作曲家的夢想，最近終於獲得好評並且嶄露頭角。

當然，沒有發生我和結重逢的奇蹟（因為「古川神社」在村莊開發途中已經消失），在現實中我也不斷地跌跌撞撞，即便如此，我也能像結一般，一心一意地坦然前行。

像是我的曾祖父在《霧山古文書》中留下結的軌跡一般，我也要讓她的努力化成音樂傳遞給眾人。

因此，我的新目標就是要以霧山村為舞台，為他們的觀光發展盡一份心力。

在那之後，我一年會去一趟霧山村。

最近哲也和小雅的婚事也在醞釀中，感覺有些進展，我很期待接下來可以好好地捉弄他們。

居民數量持續增加，霧山村也從村莊變成了城鎮，雖然斑駁的山已經不復存在，但這樣的變化正是結所留下的最大痕跡。

我透過音樂，雙手雙腳持續努力著，將結所留下的、有變化的、跨越百年時光的；將一個少女將過去連結至現在，並串連到未來的緣分持續傳承下去。

《霧山古文書》和她放進同一個箱中的耳機成為了我的寶物。

我戴上經過一百年後又物歸原主的耳機，播放著最新流行的音樂。

「這首歌曲真的完成得很棒。雖然已經完成了，但我真希望能聽到妳的聲音唱這首歌……在我心中，我一直將妳的聲音視為理想的聲音。」

雖然妳已不在我身邊——

即便如此，我仍將心思投入新的變化，繼續前行，

走在這條自幾百年前便已延續至今，而我必須將其繼續延伸至未來的道路上。

我滿意地點點頭，對曲子的完成度感到自豪。

這首音樂突然出現在國內大型音樂排行榜上，並在週間排名中獲得第二十名。

手機畫面上，作曲者欄位寫著奧村彌一。

儘管不確定努力是否會有回報，但只要繼續努力，總有一天一定會結出漂亮的果實，這是我從她身上學到的事。

我的曲子便是想著結所作出來的。

「如果能再見結一次，好想讓她聽聽這首歌啊。」

這樣的話，她一定能感受到我的成長以及我不斷向前行的力量。

這首歌，是穿越百年而來的妳和我連結的歌曲；世界上絕無僅有的情歌。

這首歌的歌名是——

完

後記

大家好，我是冬野夜空。

首先感謝大家購買《穿越時空的約定》。

我在高中二年級時，立志成為小說家。

我想大多數人對於我的夢想都覺得我半開玩笑，認真不足。

回想當年，這真的是瘋狂的一個夢想。

我當時為什麼會想選擇成為小說家這麼困難的職業呢？

有許多理由，從美好的藉口到難以向人們傾訴的原因，可以說是族繁不及備載。

可是，我想正因為有這麼多原因，所以我才能一心一意地持續追求著夢想。

同時我發現，這些原因，每一個都和我的過去息息相關。

我認為過去、經驗連結，影響了現在的自己。

就這樣，本作品便應運而生了。

這樣的想法啟發了這部作品，這是從我高中時期多愁善感的回憶中所獲得靈感的作品。

在我立志成為小說家後，這部作品是我最早構思的作品之一。

透過這部作品，大家能重新思考，現在的自己是如何塑造而來，以及人與人、時間與時間之間又是如何聯繫的，若能如此，我感到十分榮幸。

因為要形成一個人的存在，背後一定有比成品有著更深、更遠的歷史。

在這裡我要感謝：

責任編輯森上，在我原稿撰寫得不順利，或是發生問題時給予我莫大的支持。

插畫家ajimita，將結的真摯情感巧妙融入了幻想世界觀。

包括未在名單之中所有參與作品創作的人，我要衷心地感謝大家。

同時，我要再次感謝所有閱讀本作品的讀者們。

冬野夜空

國家圖書館出版品預行編目(CIP)資料

穿越時空的約定/冬野夜空作；侯萱憶譯. -- 初版
. -- 臺北市：春天出版國際文化有限公司,
2023.10
面；　公分. -- (樂；15)
譯自：100年越しの君に恋を唄う。
ISBN 978-957-741-746-6(平裝)

861.57　　112014678

樂 15

穿越時空的約定

100年越しの君に恋を唄う。

作　　者　冬野夜空
封面繪圖　ajimita
譯　　者　侯萱憶
總 編 輯　莊宜勳
主　　編　鍾靈
出 版 者　春天出版國際文化有限公司
地　　址　台北市大安區忠孝東路四段303號4樓之1
電　　話　02-7733-4070
傳　　真　02-7733-4069
E－mail　frank.spring@msa.hinet.net
網　　址　http://www.bookspring.com.tw
部 落 格　http://blog.pixnet.net/bookspring
郵政帳號　19705538
戶　　名　春天出版國際文化有限公司
法律顧問　蕭顯忠律師事務所
出版日期　二〇二三年十月初版
　　　　　二〇二四年七月初版二刷
定　　價　380元

總 經 銷　楨德圖書事業有限公司
地　　址　新北市新店區寶興路45巷6弄6號5樓
電　　話　02-8919-3186
傳　　真　02-8914-5524
香港總代理　一代匯集
地　　址　九龍旺角塘尾道64號 龍駒企業大廈10 B&D室
電　　話　852-2783-8102
傳　　真　852-2396-0050

ISBN 978-957-741-746-6
Printed in Taiwan